湘西诗画

XIANG XI SHI HUA

谭滔 著

湘西画不完的风景
山水赋予我的感悟
大好河山皆入画

天津出版传媒集团
百花文艺出版社

图书在版编目(CIP)数据

湘西诗画 / 谭滔著. -- 天津 : 百花文艺出版社,
2024.5

ISBN 978-7-5306-8858-8

Ⅰ. ①湘… Ⅱ. ①谭… Ⅲ. ①诗集-中国-当代
Ⅳ. ①I227

中国国家版本馆 CIP 数据核字(2024)第 096851 号

湘西诗画
XIANGXI SHIHUA
谭滔 著

责任编辑: 王 欣
封面插图: 李家池 **装帧设计:** 云上雅集
出版发行: 百花文艺出版社
地址: 天津市和平区西康路 35 号 **邮编:** 300051
电话传真: +86-22-23332651 (发行部)
+86-22-23332656 (总编室)
+86-22-23332478 (邮购部)
网址: http://www.baihuawenyi.com
印刷: 长沙市精宏印务有限公司
开本: 710 毫米×1000 毫米 1/16
字数: 280 千字
印张: 19
版次: 2024 年 5 月第 1 版
印次: 2024 年 5 月第 1 次印刷
定价: 89.00 元

如有印装质量问题,请与长沙市精宏印务有限公司联系调换
地址:长沙市开福区德雅路 1246 号
电话:(0731)85817162
邮编:410023

序

满腔诗情咏故乡

谭滔继出版《湘西诗情》《湘西诗笺》《湘西诗韵》三本诗集之后，又准备出版第四本诗集《湘西诗画》。年近65岁的人了，还这样笔耕不辍、勤奋、执着，除了他爱文善诗、对诗有着浓厚兴趣外，促使他无休无止、激情澎湃的内在动力，就是对湘西这片土地的浓浓深情和挚爱。我虽不懂诗歌，但对他诗中富含的真情实感感动、敬佩、点赞。

与谭滔相识，早在20世纪80年代中期，当时我在吉首任市委书记，他从市民贸二局调市委办公室，由于他“实诚”“勤奋”“好学”“上进”，得到群众认可和组织信任，先后担任市委常委秘书，市委办副主任。工作之余，喜欢文学、诗歌，常有作品发表于报纸杂志，很早就是湘西州作协会员。

谭滔的诗，从字面上看，没有特别之处，但细细品味，正如湘西土家族农家自酿的“包谷烧”醇香无比，韵味悠长。字里行间饱含对故乡的深情厚爱，眷恋和不舍。

我在湘西生活了27年，是这片土地和人民哺育了我，去前揣着穷山恶水的担忧，走时别不了的眷念深情。只有真正在这里生活过、接上地气的人才能体会到谭滔诗中的意境，才能感受到肺腑的共鸣。

我不懂诗，不便胡乱品评，我读到他的诗，感受到的是一位土家族汉子的深情吟唱，或是满腔欣慰的微笑，或是一缕浓稠的相思，虽然会有几声叹息，偶尔闪现几滴浊泪，那都是作者在抒发对故乡深深的怀念之情，是发自内心深处纯真的声音，都是催人奋进、祝福湘西的正能量。

杨顺初

2023年11月12日

（湖南省人大常委会原委员，长沙市委原副书记，市人大常委会原主任）

读《湘西诗画》有感

——滔哥，不是一枚果子

有时吃着一枚果子，就想，这个果子怎么就到了我的手里，饱了我的口福了。比如，现在正吃着的一颗猕猴桃。它是哪儿来的，大概是知道的，毕竟就那么几大产区，几个品种，再细一点的就得费点神了。要是再较真一下，问它是出在哪支山，哪块地，哪棵树，哪个人摘下来的，经过多少人手周转，才到我口里的，这就玄了，一般都是讲不清楚的。对这，我们把它归为缘。它有缘来到我手头，我有缘吃上它。这么想下去，就觉得这个世界真是奇怪起来了。

其实，人也是一样，认识不认识，也总有一种缘在里面。这就是哲学上讲的偶然性，数理论中的概率。我与滔哥的认识，就是概率上的事。如果当年我不参加组织选调，如果选调了，不把我分在凤凰，等等，还有很多如果。我的如果之后，还有滔哥的如果，如果不是缘，我们是不会有机会相识的。相识了，就一定成为朋友吗？成为朋友，一定就是好朋友吗？那也不一定的。滔哥，后来离开湘西，去了长沙发展。而我又阴错阳差地也调到了长沙。那就有了隔三差五地小聚一下的机会。他有朋友，约我。我有朋友，约他。共同的朋友，一起约，没有朋友，自己约。朋友约朋友，自己约自己。就这么，把老婆还没有调来的一段空当，无聊枯寂打发过来了。

当然，滔哥不是我说的水果，是个大活人！好人。滔哥叫谭滔，大我四五岁，就自然叫滔哥。滔哥，并不是当时就这么叫的。那时，他是县委副书记，县长后面排的就是他。我，才是一个副县长，而且仅仅排在挂职副县长前面。常委会都没有资格参加。工作之余，有时找他聊聊天，走走玩。谭书记忙。那时，我们只能叫他谭书记，把一个副字也省略了，或者干脆用当地叫法，谭书。谭书，知道我们找他玩，只要开会不太晚，他总会想到我们的，吆喝我们的。我们一起在挂在西门坡“青山如是”楼的宿舍里聊天，有时打打扑克牌。打牌是从来不准数米米的。米米就是钱。谭书，要求严。那么，输了怎么办？办法多，把臭袜子往床底下一丢，谁输谁就爬进去捡。或者，在脸上点牙膏，贴字条。图一个好玩。

对谭滔，是先知其名，后见其人的。组织决定选调我下县工作了，我在校时的班主任孙老师就对我说，你到县里去，我有个好朋友的小伢儿也在那里工作，任县委副书记，叫谭滔。记得我是六月中旬去县里报到的。接待和安置我的事，就是谭滔操持的。学校派车把我和生活物品一送到，一切都交给县里的同志管了。先是在招待所临时住着。那时没有食堂，吃饭是个问题。谭滔心细，时常一些接待应酬，他能做主的，又有交叉认识的人，他就都把我和另外几个挂职的一起叫去。更重要的是接触到了各方朋友，这种眼界在学校里是难得打开的。招待任务不是天天有的。没有人接待，又不好到别人家里去吃。人情复杂，一般不要随便去私人家里吃饭，这是下来前，有人提醒过的，谭书记也这么告诫。我们就自己招待自己，搞AA制。广场边上的清心火锅店，成了我们常去聚会光顾的点。滔哥，这里忍不住要叫他滔哥了，因为他待我们越来越有大哥的样子了。滔哥有几道拿手的菜。到这时候，他亲自掌勺，小炒鸡丁，辣椒炒肉，煎鳜鱼，五花肉炒枞菌，酸辣椒，水豆腐之类，他都拿得下。有时兴致来了，喝点小酒。喝酒，我是那时学会的。

滔哥长得怎么样？就是干部的模样。他是从湘西州委组织部部务委员派调下来的。人不高，头发绒细的，因为细，就显得稀少。衣饰周正，灰夹克主打。白衬衫，T恤衫，总是扎在裤子皮带里。皮鞋，或凉皮鞋。这是当家穿着。说话，会正眼看着你，语速不紧，一板一眼。描述，讲观点，很快就会归纳出一二三四来。据说，报告作得好，好多干部在悄悄模仿他，他对女干部有点严肃，她们不敢有工作之外的造次。他管干部，政法，是县里的三把手。有重权，人又严肃，干部们都怕他三分。

知道谭滔文章写得好，是在他调离县里后。一次在地方党报《团结报》看到了一篇《静静的苞谷林》，署名谭滔，很是惊奇。接着又不断见有署名谭滔的新诗发表。才知道，他在吉首市委办工作时就显露这方面的才华了。后来还去吉首大学干训部读了中文系。

滔哥比我早好些年到长沙。滔哥这个叫法，是什么时候热叫起来的，是在长沙。滔哥调去长沙，很快在那里铺开了场面，是人缘方面的。他人缘好，义道甚至豪气。滔哥老家湘潭，老父亲是志愿军，和诗人未央是战友，本人也是诗人。滔哥得乃父为人和诗方面的家传，为人正，诗也正。退休了，被一位做生意的朋友请去，为企业抓党建，抓企业文化，管人事，扶贫帮困，用他放心。这一段，人们都叫他谭总。酒品如人品，他有酒德，是因为有好人品。酒桌上机会多了，称兄道弟就正常，人情人事，都在健康快乐区域里。谭滔从谭主任、谭委员、谭书记、谭局长、谭处长、谭总、滔哥就这么一路过来。我们也从上下级、同事、朋友，成为兄弟。在这长长的过程中，我们有很多温暖，甚至动情的故事。进了城，身份岗位业务不同了，喝点酒、打点小牌就免不了。酒只喝浅醉，打小牌严格在亲朋小圈里，娱情自乐。只是不再点牙膏、捡臭袜、贴纸条了。打牌，他输多赢少。他常自嘲：滔哥，滔哥，掏钱的“掏”。但他更多的时间在买书、读书、写作、写诗、写散文。他写出发表的散文已几十篇了。诗更多，已经出版了《湘西诗笺》《湘西诗情》《湘西诗韵》三本诗集。我说，滔哥，你出了这么多的东西，都印出来了，历史会记住你的。他也只一笑，但笑得自信满足。这情形，正像丰收了的老农，把一担一担的谷子挑进仓里的样子。滔哥的善和好是有细节作证的。他秉承着人敬我一尺、我敬人一丈的处世原则，在朋友圈中口碑好。相约聚会或吃饭，他总是提前一点到场，怕别人等。他出差，不喜欢坐火车，那时候的绿皮火车，除怕拥挤，他更怕上厕所。上厕所，外面有人排着队等，他就不自在，考虑的是外面等的人。这样的人，处处为人着想，善良到骨头里面去了。有这副心肠，写诗作文就容易出好东西。一次吃饭，他拎着一个大纸袋，重重的，是他新出的又一本诗集。请刘鸿洲专门做的木刻插图，装帧得很好的。他一本一本地拿出来，撕开封膜，在扉页上为我们签字。他的诗真诚、清新，有湘西质朴的风味，爱它喜欢读它的人不少。要他的诗，甚至掏钱去书店买他的诗，都是真诚的。他的老领导武吉海为他的诗集写过序。序里用了我对他的一个评价，大意是，在这个年月，还能这样爱诗写诗，他的心一定是很干净的，如山泉一样。

是的，滔哥的诗、文犹如他的为人，如湘西的清泉山风一样，总是让人舒服，总是沁人心脾。

滔哥，不是一枚果子，他是朋友们中，山里甘泉清风的存在。不用猜想，不用假设，就那么自然。

张永中

（湖南日报党组成员、社委）

目录

第一辑　湘西画不完的风景

第二辑　山水赋予我的感悟

第三辑　大好河山皆入画

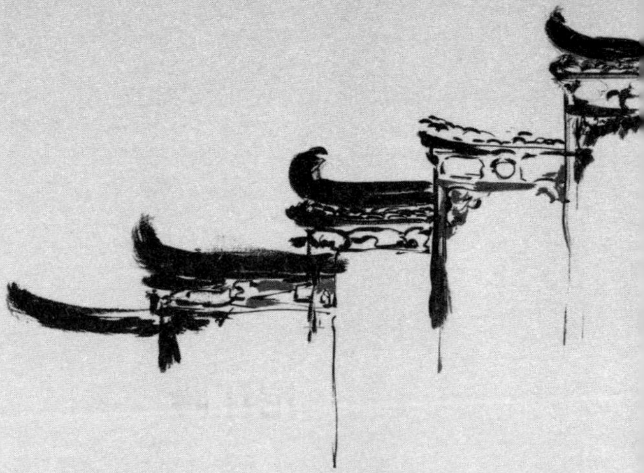

第一辑 DI YI JI

湘西画不完的风景

沱江吟

沿着古石巷
慢慢走
沱江笑了

五彩云霞
爬上南华山
另有几朵
坠落江里

远处少女的歌声
划动小舟
江水拍打河岸
翻开万名塔的经幡
那是母亲河
轻轻地呼喊

其实漂泊的日子已锈迹斑斑
尘封的故事
潜入江底
驮不起一轮明月
沱江汇入大海
沿途又孕育多少新的生命

丹桂时节

丹桂的清香
深夜离开枝头
潜入窗口
亲吻我的脸颊

月高云淡
慌乱的夜鸟
穿越星辰
撞击我不醒的梦幻
寂静的思绪
此刻重返故乡

我早已习惯丹桂的味道
我的灵魂，随时在空中
轻轻摇曳
此刻多么美好，做梦的时节不多
你即将远去
明年你才会沿着同一方向
深入朝霞与夕阳

风消失的时候
我的乡愁渐深渐浓

分　手

如果爱过又分手
那种滋味说不出的难受
你的身影怎么也挥之不去
重重叠叠常涌上心头

为什么我们要相逢
那只是一次十分偶然的邂逅
既然上苍给了这样的缘分
没有理由就不要轻言分手

深深的思念在云层缱绻
痛苦的诗句在心头奔涌
幸福的日子刚刚开启就谢幕
生活的悲舒卷成难醒的梦
荷叶上跳跃的水珠
是我相思的忧愁
如果爱过又分手
受伤的心经常发炎，隐隐疼痛

回忆如一坛尘封的酒
在一起的日子弥足珍贵
我至今还没弄清分手的理由
时光折磨我流血的心头

过年（诗二首）

回　家

数着手指，很快又是一年
在异地，遥望家乡
我仿佛看见
家门前贴满了喜庆的对联
那是在喊醒我
屋檐下点亮的红灯笼
那是在催促我
家里的小黄狗
不停地欢叫
前方歪歪斜斜的炊烟
散发着腊肉糍粑的余香
我的口水溢满衣襟
馋瘾沾满了我的脸
此时此刻
我的脑子很乱很乱
我的心狂躁不安
回家，快快回家
千里之外
我看见父亲端着酒杯
双眼噙满期待的泪水
我看见母亲站在灶台

正把一腔的爱
植入一桌丰盛的年夜饭

打糍粑

把一年的艰辛放进粑槽
将来年的期盼凝满粑锤
来来来，你一锤我一锤
锤出热热闹闹的节日
锤出红红火火的年味

越锤越糯
越锤越黏
捶打得生活和和美美
黏紧得亲人团团圆圆
刚捏出的糍粑热气腾腾
每一个都黏住一颗归乡的心

越锤越稠
越锤越软
再白的雪白不过糍粑的纯白
再香的花香不过糍粑的香甜
糍粑再黏
黏不住岁月匆匆的脚步

过年了
春天还远吗

穿越故乡

火车在茫茫的故乡原野上穿行
车窗倒映着无数景色
我的心激动得越跳越快
伴着音乐一起欢乐地抒情

山峦、村寨、草垛
树林、小桥、流水
那是一幅幅迷人的画
阳光还不忘涂上一层金色

更有故乡的三月
油菜花开得烂漫黄得夸张
成片成片的小草俯身欢歌
分不清这是塞北还是江南

透过明亮的车窗
故乡的风景让我眼花缭乱
我默读着故乡一封封来信
任思念的泪水浸湿衣衫

故乡说近很近，说远很远
春风轻轻吹过，炊烟悄悄升起

哪怕思乡遥遥无期
我怎么也走不出母亲的挂念

穿行，火车继续向前穿行
故乡的风景见了回家的游子
都会忘情相拥毫不吝啬
几千里的旅途都是我灵魂的战果

雪中归人

围着火炉
望着窗外飘飞的雪花
我在思念踏雪回家的人

一片一片的雪啊
可是你捎回的信笺
每一页还留着你的体温

我和雪的对话
穿越天空传给你
请不要哭，雪就是我俩的泪

雪停了
白色中一行蹒跚的脚印
那可是你回家的身影

山城掠影（诗三首）

胡家塘的雨

那一天胡家塘下着雨
淅淅沥沥洒着飘着
静悄悄的胡家塘
倾听雨声
紧紧咬着嘴唇
不肯说出心中的秘密
任雨坠入烟尘

翠绿的荷叶
撑着伞
模仿着古巷口
缓缓走出的小家碧玉
左顾右盼
是在等待儿时和她
过家家打钩钩的少年
花开花落
一朵一朵枯萎在风雨飘摇的过往

瘦弱的山
萧瑟的水

莲蓬上歇着一只青蛙
前所未有的狂鸣
不肯冬眠
等不到风歇雨疏
熙熙攘攘的游人鱼贯而入
搅浑了一池塘水
雨中的胡家塘
如此安详、友善、清爽

胡家塘
一个叮当作响的名字
凭栏删处琴声淼淼、波光粼粼
亭台楼阁唐诗宋词红润而绰约
我轻轻地走进小巷深处
去寻觅一缕乡音
静静的胡家塘碧波荡漾
歌声不绝，千年不竭

东正街

东正街
整整齐齐排列在城的东面
青一色的石板路
缓缓而上
最高处可通往
太阳升起的地方

这个习俗传承了上千年
沿街的老百姓
十分崇拜这个东字
每年的除夕
好肉摆出来
好酒端出来
对着东方跪拜祷告
祈福苍天保佑人人吉祥平安
古老的习俗年年轮回
崭新的日历每天都掀开一页

今天沿着宽阔平坦的马路
我想寻找东正街的蛛丝马迹
熟悉的街口被夷为平地
亲切的邻居已人去楼空
再也不见炸灯盏糕的身影
再也闻不到豆腐脑的清香
家家户户的墙上都写了一个搬字
东正街的故事洒满一地
岁月匆匆留下难忘的一瞥

星移斗转
而今的东正街
一桥飞架南北
鳞次栉比的高楼如雨后春笋
琳琅满目的商铺人声鼎沸
一条名不见经传的小街
变成无数游人的打卡地

我穿行在陌生的各个街口
分不清街道的东南西北
只有一个个醒目的指路牌
全部朝着东方
喧嚣远去
东正街
仍然风华正茂、生生不息

醋萝卜

将萝卜切成方切成圆
放进盆，装进坛
一个普普通通的萝卜
只要几天的腌制
就成了酸酸甜甜，甜甜酸酸的醋萝卜
山城的老百姓都喜好这一口
一天不吃双腿就会打闹穿[①]

其实家乡的醋萝卜
做法简简单单
只要挑选本地的萝卜，红心的萝卜
将满满的爱泡进井水里
让它慢慢地浸泡，慢慢变酸
只要时间的碰撞
思念的积累
一坛脆甜爽口的醋萝卜
就有了家乡的味道

有了泥土的甘甜
吃不够吃不厌
如今这特色小吃畅销外传
四面八方的游客
都来品尝它的美味
名不虚传的醋萝卜
让多少人过目不忘流连忘返

微微的酸
微微的甜
醋萝卜
酸甜了一座古城
也酸甜了古城人的一生
小小的醋萝卜
每一块都沾满了乡愁
每一块都写满了思念

（注①：“打闹穿”为湘西方言，意为走路不稳）

回家的路

弯弯曲曲的小路
没有带我回家
而是将我
又引入新的曲曲弯弯

不断的延伸
不断的盘旋
歌声已经很近
酒香已经不远

路尽头
早响起欢快的歌声
还要走多远
才能和心爱的人相拥

回家的路
又陡又偏
两颗相爱的心
被一座一座大山隔断

路旁是簇簇山花
头上是繁星点点
月光已照亮回家的路
痴情的女子早迎出大山

清 明

父亲的坟头
又高又陡
今年的清明
我这年纪
已到不了你身旁
给你敬烟敬酒
烧香磕头

我知道
坟里的父亲十分牵挂我
去年栽下的玉兰树
没到花期
已开出朵朵白花
饱含热泪
在山上痴情地看着我

我的儿啊
爸爸老了
你就代我给爷爷挂坟
要把杂草铲除
明年才好找到
要记得爷爷的墓碑
以后清明就靠你来尽孝

河

有许多许多的故事
从这里下水
有许多许多的歌声
从这里上岸

古老的竹篙划开水的涟漪
锋利的鱼叉叉天叉叉地
只要船夫的渔火一点亮
岸上的女子就流泪

河流弯弯曲曲
两岸全是峭壁
一页一页的相思
深深地刻满河堤

姑娘倒满美酒
期盼情人靠岸
昨晚一夜春雨
轻舟已过万重山

端午情（组诗）

粽　子

小小的粽子
包裹着一个民族两千多年的思念
包不下你一生的爱国情
剥开粽叶
能闻到《楚辞》的芳香
点燃雄黄
会灼痛一个古老国度的灵魂

今天是赛龙舟的日子
赤膊上阵的乡亲
奋力划动木桨
浪花击打鼓点
船工号子擒住蛟龙
亲人对着波涛喊你魂回家

装饰一新的龙舟
像一支支疾飞的箭
穿越历史的长河
停泊在《离骚》的诗里
萦绕在三间大夫的梦中

沱江渔歌

深山里流出的沱江
从家家门前流过
江水清清
穿过风风雨雨
驶入绚丽多姿的画册

一年一度的端午节
吸引四面八方水手赶来
绝不是争抢一只鸭子
而是来吊脚楼饮酒
听姑娘弹琴，赏江上渔歌

夕阳下帆影点点
江面上小舟一片
渔翁划动双楫
船头黄永玉手握画笔
正如痴如醉描画两岸风景

如今离故乡太远
记忆的桨划在梦里
听渔歌唱晚
看渔翁撒网
沱江美景尽在网中

五　月

五月
和一首诗对话
诗系在风中
不断捎来思念的呢喃

五月
和一首歌相逢
歌声飞过故乡
勾起我难舍的眷恋

五月
和一个粽子邂逅
粽子的清香
惊醒了热唇的梦

五月
我掉进情网中
不能自拔

凤凰古城（外一首）

很静
闲坐在古色古香的天井
品一壶清茶
看天上的云
风轻云淡
听歇在树上的鸟鸣
天籁之音

古城的传奇
还在演绎
熊希龄没有远去
沈从文没有远去
黄永玉手握画笔
眯眼给一朵莲蓬添色

城外的人纷至沓来
胸前的照相机闪个不停
前脚走，后脚进
熙熙攘攘，难辨乡音
凤凰古城
难有喘息的机会

北门外的沱江
风平浪静穿越城中
一路到洞庭

竹山民居

竹山没见竹
典雅精巧的民居
掩映在花海丛中
醉了山外的人

闻鸟语花香
听山风松涛抚琴
白天看蓝天彩云
夜晚赏明月繁星

有山歌传来
有美酒畅饮
宿民居的每一天
都沉浸在甜甜蜜蜜的仙境

五月的乡村（组诗）

梅　雨

五月的梅雨
没有和谁商量
将田野成熟的油菜
全部压伏
像检阅一队队
威武雄壮的士兵

油菜荚频频炸开
一整夜
如战士扣动扳机
噼啪作响
在为春天送行

父亲抽着烟袋
把一把锈迹斑斑的镰刀
丢在墙角
唉声叹气
这天是通眼了
怎么也缝不拢

远山烟雨蒙蒙
积水中
母亲对天长喊
跌宕起伏的心
期盼
香喷喷的菜籽油
流淌在湿漉漉的梦里

荞 麦

五月的荞麦
正值青春期
红杆杆
绿叶叶
开红花
结黑籽
默默点缀田园风景

可惜你命苦
不被乡亲们看好
更和丰收锣鼓无缘
只有稻田颗粒无收
才把你丢到地里
任其自生自灭

牧归的嫂嫂
走过荞麦地

撩起衣衫擦汗
露出雪白的肚皮
五月怀孕了
荞麦挂满枝条
苦苦的
我的村庄哭了

白云舒，山风凉
荞麦独立野草丛
布谷鸟村前屋后嘶喊
“布谷，布谷”
快种快收，快收快种
我的梦包进了荞麦粑
热气腾腾
和故乡的炊烟袅袅
飘散

路　标

城里才有的路标
也插满田间地头
稻田已成一片花海
伫立在路标旁
分不清东南西北
稻香已湮灭
远方很迷茫

人生的路口很多
没有路标也要去闯
每一步也会趺趺撞撞
家在何处
依然不会迷失方向

借着一束束阳光
抹去心中的忧伤
翻过山岗
醒目的路标
在乡下
工作得津津有味

山　里

听腻了城市的喧嚣
我躲进了山里
掬一捧山泉
闻阵阵花香
再种一棵丁香树
浮躁的心
有了别样的落处

我来到渡口
划动船只
去摆送路人
每送一次
心里又多了一分宁静
没有人渡河
我喜欢躺在船头
欣赏落日掉进水里

每天的晨雾
都毫不吝啬地罩着
山峦、房屋、田野
它们罩住的
不光是浮世虚名

还有一颗不安分的心

住在深山里
我不怎么说话
鸟儿的啼叫
说了我想的一切
在山里
虽然我一无所有
山坡上昂起头的芭茅花
给了我青春的活力

矮寨大桥抒怀

用你健壮的臂膀
挽住群山
用你宽厚的手掌
抓起彩云
在峡谷与峡谷之间
一桥飞架南北
建造雄伟的悬索桥
分不清是蓝天飞架彩虹
还是银河直落九天

我乘车驶过大桥
打开车窗
清甜的山风吹拂心扉
五彩的云霞抚我脸颊
望不尽的白云连着白云
驶过了一村又一村
抬高了山和天空的距离

站在桥上
俯瞰矮寨
散落的村落美得像一位少女
端庄秀丽，楚楚动人

站在桥下
仰头望我
我是天空一只盘旋的鹰
很小，却很坚忍

站在桥中
凝视巨大的铜架，闪亮的钢索
我终于明白
故乡大山的脊梁
系住了建设者们的心
漫山遍野的歌声
如诗如画的风景
网住了建设者们的魂
牢牢钉在悬崖峭壁上
屹立成一座丰碑

盼

今年的除夕来得很慢
乌云密布的天空
雪不知道在等谁
一直不肯降临

星星点点的寨子
像一幅水彩画静默幽远
只有歪歪斜斜的炊烟
孤独地在天空乱涂乱画

多少父老乡亲
默默伫立在村口草垛
他们期盼在外打工的儿女
牵挂的泪水装满丘丘稻田

老父亲拼命吸着旱烟袋
老母亲撩起围裙不停抹着眼角
孩子们无忧无虑追逐着
期盼爸妈带回的大白兔奶糖

年年岁岁，岁岁年年
岁月依稀，多少前世与今生

已悄然老去
村前的樟树不再枝繁叶茂

打工的身影闪现在村口
等候的人群欢呼雀跃
亲人们哭泣相拥
走，走，走，快一起回家过年

雪终于盼到了回家的亲人
再藏不住开始飘洒
回到家还是简易的吊脚楼
但回家人的心却暖暖地充满温馨

山村新修栋栋民宿

一栋栋僻远山村新修的民俗
成为报纸上轰动的新闻
昨天麻雀飞过都不落脚的地方
今天成为城里人休闲娱乐的打卡地

从南方到北方
一群群人不辞辛苦来到这里
是爱慕这里风景如画
还是敬重淳朴善良的乡亲

我轻轻走进一栋民宿
像走进童话般的世界
古朴典雅的吊脚楼
散发着大自然的芬芳和清香

每个房间十分温馨洁净
好客的乡亲把乡情染成暖色
充满民族特色的房间摆设
荡漾着欢快愉悦的音符

堪比城里的公寓、别墅
赛过星级酒店的金碧辉煌

像一朵朵蘑菇散落山间
如雨后春笋拱泥而出

不能忘记原来破烂不堪的屋顶
飘摇中经历多少日晒雨淋
漆黑的夜晚梦都十分荒凉
饥饿和贫困压得人们喘不过气

自从吹响脱贫攻坚的号角
这片天空变得格外年轻
一夜间山村竖起栋栋民宿
乡亲们又找到一条致富的秘径

这儿山清水秀
这儿绿树成荫
这儿鸟语花香
这儿空气纯净

这里有破晓的鸡啼
这里有山泉的低吟
这里有不绝的山歌
这里有飘香的酒意

每栋民宿都是一座幸福家园
每座家园回荡着欢歌笑语
不知谁喊了声“燃篝火了”
熊熊篝火点亮了山村夜色

月光下
我徘徊在如诗如画的风景中
今晚在灯火通明的民俗
我坠入了甜甜的梦境

故乡的浅唱（组诗）

山村月色

山村月色
比朱自清的荷塘月色清濯
田野弥漫稻谷的清香
村庄的背影深邃如梦

晒谷场人声鼎沸
皎洁的月光
洒满草垛
一起倾听虫叫蛙鸣

一阵风拂过漫山遍野
温柔地抚摸丰收的夜
吊脚楼翕动的唇发出模糊的喃语
酣睡的青年泄露了羞于启口的爱情

突然响起几声狗叫
啃缺了一轮圆月
这种安定，这种凄美
像是从歌声和图画中诞生

月光下
我感叹沉默无语的村庄
因生长稻谷而不朽
因养育乡亲而沾沾自喜

柔柔的月色照软了故乡的土地
青蛙跳起老高都摔不痛
我爱上了山村月色
繁星点亮我早已哽咽无语

芭茅花

你挺立在风中
认真品读——大地
这一经典
春夏秋冬，不经意间
你满头青丝熬成白发
还没读完一页

岁月长过流水
一瞬间又是一年
白茫茫一片
展望不尽人生的沧桑
你没有油菜花的热烈
也没有桃花梨花的绚烂
无论狂风怎样肆虐
你望着故乡尽头

怎么也不肯低下头颅

不需要华丽转身
从这山到那山
你头顶蓝天脚扎沃土
早已成为经典里的一瞥
稍有风吹草动
你摇晃着被风霜
染白的思念
任人们浅浅吟唱

酒　情

若是山风洒一缕酒香
便是得到一把故乡的馈赠
明亮的月光缝补着思念
风风雨雨全融进酒壶

就这样
我手捧酒樽细品
一杯接一杯
把自己灌醉

此刻
我什么也不想
不想我暗恋的姑娘
也不纠缠曾经遗忘的情节

故乡还在
故乡的酒甜甜的，糯糯的
喝到一半就哭了
滚烫的泪水融进浅浅的杯中

只有在故乡温润的土地
才能酿出这么醇香的酒
只有在我神秘的故乡
才听到这么悠扬的酒歌

我多想在故乡迷人的风景中
高举一碗美酒
将浓浓的乡情
一饮而尽，不醉不休

一夜雨

一夜雨
把我留到边陲小镇

今日雨中酣睡
误我醉看花红柳绿

凭窗远眺淅沥的雨
我的心萌发浓浓的乡思

南来北往的游人

挤窄了古老的石板街

屋檐下呢喃的燕语
是我熟稔的乡音

一把油纸伞从眼前掠过
雨雾中闪过熟悉的长裙

那不会是我初恋的姑娘
一段爱情锈刻在斑驳的城墙上

故乡的雨啊
淋软了故乡的土地

我的心掉进了土里
分不清是雨水还是泪水

飘飘洒洒的雨是游子的思念
缠缠绵绵的雨是游子的赤情

乡村月色（外一首）

星星打盹了
蛙鸣嘶哑了
只有一轮圆月
挂在山坳
亲吻着我童年的忧伤

今晚的月亮
有些霸蛮
它把月亮
洒满山川、河流、树梢、村寨
远看是写意
近看是素描

趁着月色进入梦乡
我的梦不断抒写沧桑
山村的夜啊太寂静
没有风吹草动
没有歌声缭绕
只听见如雷的鼾声
伴着月光的心跳

古寺月光

今晚的月光
悄悄飘进古寺
没见神跟来
佛也不知去了何处

古寺悄悄敞开胸怀
任柔柔的月光
和佛聊天
和神对话

月光敲响了飞檐的钟声
一杯浊酒吟出行行好诗
古寺里的角角旮旯
写满了人间春秋

这座古寺没有名字
没有名字倒成了风景
香火缭绕
梵音不绝

乾州古城

等不到灯火通明
游人熙熙攘攘鱼贯而入
古城墙弯弯曲曲
托起一轮明月
锁住一方沃土

沿着古石巷
我追寻陈年的过往
人去楼空
只有亭台楼阁
留下若隐若现的日光

深一脚，浅一脚
幽深处
耳边响起茶马古道的喧嚣
眼前呈现剑拔弩张的锋芒
默默的石板街
承接着历史的沧桑

满城的居民

都喜欢坐在门口看热闹
互相炫耀古城的往事
家家户户高挂的红灯笼
被人们的欢歌笑语
点燃得透亮透亮

踏在每一块石板上
轻一点，再轻一点
莫踩痛已经长眠的灵魂
别弄醒远去的脚印和车辙
苦涩的尘埃早已灰飞烟灭

看不尽眼花缭乱的风景
小巷四通八达
缤纷的脚步欢跳
一束束敬佩的目光
被朗朗乾坤包容

我悠闲地穿行在古石巷
分不清东南西北
找一处茶馆坐下
喝一杯黄金茶
夹一筷仔姜鸭
乐翻了万溶江的夜色

无须鸟瞰
乾州古城就是我手中

一支短笛
陶醉在江南小镇的画卷中
我把
一串串悠扬的音符
吹响

走在家乡的金秋里

金秋
艳阳高照，难得的好气候
我回家乡走一走
牵挂陪伴我的行程
思念萦绕在我心口
走一路，看一路
鞋子沾满歌谣和花瓣
秋风吹拂丰收的田间地头

空气微甜晨曦生烟
习惯了喧嚣声里的梦中缠绵
岁月这把无情的剪刀
剪断了多少花晨月夕
剪碎了多少欢歌笑语
总也剪不断一丝离别愁绪

一路走，一路看
眼前是一幅如诗的画卷
有金光灿灿的田野
有星罗棋布的村落
它能够缩小在眼眶里
也能够在手心中比画

可惜我小小的胸怀
装不下你的广阔、宽容、深沉
真害怕，我的脚步走得太快
快得这一切还来不及看清

一片片草地
一块块田垄
村口土地菩萨
拍了拍我的肩膀
微笑着牵我
融入远处袅袅升腾的炊烟
记忆如断线的风筝
残阳下
有几许忧伤，几多离愁

河岸边的风景树
斑驳的枝干刻满秋凉
威严得像家家户户的神龛
掌管着全村的婚丧嫁娶
它不辞辛劳守护这片家园
我的祖先
心中装着天、地、君、亲、师
风风雨雨，吹不老你的容颜

牛羊和我擦肩而过
铜铃声在山间回响
走在你熟悉而陌生的土地上
收割的汗水遍地流淌

丰收的欢歌堆满粮仓
每一步我都聆听到
你幸福的呼吸
每一步我都触摸到
你的神韵、智慧和生命的力量

一路鸟语花香，日光朗朗
心中萦绕着田野的清香
乡情的骨骼清晰可见
田埂上庄稼精神抖擞
乡音乡情越来越近
一个土里土气的农夫
总是以深情的目光注视我

离家越近我越忐忑不安
我恨自己词语短缺
无法将家乡原汁原味地呈现
今天看着家乡的山山水水
所有的语言都如此苍白无力
我心甘情愿俯首称臣
甚至匍匐

回家，快快回家
那久久的思念
常沾满窗外的花香
回家是在家时的一行热泪
是在他乡的一个梦
小鸟啼唱着催促我的脚步

青蛙一蹦蹦得老远
提醒我不要迷失回家的路

感谢上苍给了家乡
这么一方厚土
生长着五谷杂粮、西兰卡普
摆手舞和歌谣甜甜的美酒
岁月幽深的尽头
我看到你坚如磐石的背影
我听到你蓬勃奔跑的脚步

金秋，去家乡走一走
去听听亲切而熟悉的歌谣
去看看魂牵梦萦的银杏、谷粒、木屋
这时才深知
最厚重的还是家乡的土地
最挂念的还是乡亲们的叮嘱
我顺手摘一片木叶
一边走一边为你吹一曲
让我幸福吉祥的祝福
落满我深情的诗行

岁月静好
我们看不见的时光
载着我
掠过深秋如霜的旷野
和我的家乡

行吟凤凰（组诗）

秀凤凰

找一处僻静地
秀凤凰
风已先期抵达
烟雨把沱江锁得如诗如画
这只凤凰真的累了
拖着金色的翅膀
歇在江边
一双慧眼
收割尘封的往事
龙潭鱼水照亮两岸
唤醒溪桥夜月的一帘幽梦

有无数青蛙
成千上万的鱼儿
围拢过来
撕心裂肺为你
啼鸣高歌
你疲惫的心
多了一丝欣慰欢爽
月亮从水里爬出来

陪你讲悄悄话
南华叠翠侧耳旁听

江面上
一叶轻舟
不停穿梭
梳理凤凰的羽毛
凝视亭台楼的静默
梵寺回涛
兰经樵歌
一个华丽转身
边陲小镇的古典之美
传唱成漫山遍野的歌谣

我心怀忐忑到你身旁
真想用虔诚的手
为你洗涤风尘
为你抚去沧桑
任成千上万的来客来打量
恍若隔世
曲终人散
古石巷的尽头
只留下阵阵墨香
黄永玉不肯停歇的狼毫
一笔一画正书写
一个叮当作响的名字
凤凰

沱江船工

沱江是一匹
望不到头的画布
小船
是一支画笔
老船工的桨
左划右划
前划后划
不肯停歇

一笔一画谁人识
泪洒江水动真情
朦胧又自然的画面
有鱼虾的嬉闹
有远去的船桅帆影
有倒映在水里的蓝天白云
有飞翔的小鸟绽放的花蕊
沱江船工的画笔太神奇
云舒雾卷
浪涌浪急
一幅写意丹青
挂在天空
嵌在大地

老船工的渔网

也是一支笔
江水就是一盆颜料
不需要抹脂擦粉
涂一笔深蓝
绘一笔浅绿
灵巧的笔
把沱江描成亮丽的册页
雁声和鸟鸣沐浴你
一根竹篙撑风撑雨
一壶老酒敬天敬地
老船工玩把绝技
站在船头撒一网
凤凰美景尽收网底

腊尔山

白云缠绕你的腰
老鹰亲吻你的嘴
腊尔山
一处不一样的台地
比其他山峰
要高一截
峰回路转
春风沐浴
爬上弯弯曲曲的石路
白云生处有人家
炊烟袅袅

歌声不绝

出门就要爬山
上上下下
来来回回
脚板都会走疼
山不会喊疼
云不会喊疼
只要有烟火气
石头便有了温度

有田可耕
有地可种
古井边
有女人的捣衣声
夕阳下
有牧羊人
赶着牛羊回家
他们的姿势
和山平行
他们的动作
塑成山的倩影

无须鸟瞰
南华山九峰七溪
尽收眼底
站在山巅
你的每片落叶

我能听到
如期而至的阳光
不忘焐热腊尔山的险

腊尔山
我心中的世外桃源
千年不朽
万年耸立

山　江

高山有好水
好水汇成江
其实这是一个传说
山和江共舞
名山江

出入有山
出门有水
进山里
有野花香
有小鸟鸣
循水声
可找到村寨
可碰到牛羊
从熟悉的山歌声中
可捡到开门的钥匙

抬头撞见苍山
低头望断秋水
只有山的回响
唤醒岁月的粼粼波光
生意兴隆通四源

财源茂盛达三江
这个三江
只是父老乡亲的奢望

我选择一处长满青苔之地
石缝下响起潺潺水声
天无绝人之处
山江
遍地是阴河
润泽人间
天天吟唱

湘西山歌

湘西的每一个
角角旮旯
都滋生着原生态的
山歌
野得放牛娃都守不住
一打脱
歌声就会撒野
就会打架
任何人都招架不住

对仗押韵的歌词
土得掉渣的曲调
婉转悠扬的音符
男女老少都能哼几句
只要一开腔
歌声扯得起丝
熬得出浆
于是树林里有了
甜甜的爱情
水碾坊就碾出滚烫的相思

每一声
是从嘎婆酸菜坛子抠出来
每一句
是从爷爷酒窖里溢出
忽高忽低
一短一长
惹得麻雀能上树
唱得泉水会倒流
听几声像吃糯米酸辣椒
酸酸辣辣
吼几句像喝包谷烧
浓烈醇香

山歌长在田坎上
山歌生在刺梨蓬
山歌落在羊群里
山歌缠在炊烟中
抑扬顿挫的唱腔
就是漫山遍野的中草药
专治乡愁

湘西山歌
有了深深山泉的沐浴
有了阳光雨露的滋养
一声高于一声的对唱
就会长成含羞草、芭茅花、三月萢
就会绣满女人的丝帕
就会燃烧在男人的烟斗

我是一个思乡的游子
难以忘怀山歌的悠扬
真想邀一片蛙声
与你对歌

捞虾姑娘

小溪小河里
你清纯靓丽的身影
不知迷倒多少镜头
你手中的捞兜
不知装了多少期待和欢欣

清凉潺潺的流水
浸红了你粉嫩的双手
如诗如画的水面
映照着你青春的脸庞

阳光彩霞怎么捞也白搭
欢歌笑语随时从兜网飞出
啊捞虾姑娘
一网下去
捞的是活蹦乱跳的鱼虾
捞的是天真浪漫的梦想

你是一道绚烂的彩虹
两岸的捣衣声
奏响了你火热的生活
小小的竹虾篓

装满了父母的叮嘱
盛满了对美好明天的向往

柳荫树下
辣椒炒河虾
成了餐桌上的下酒菜
还有几只活的
跳进了齐白石的画

初春我故乡的一抹雨烟

初春我故乡的一抹雨烟
在田野里
在山峰间
飞舞，盘旋
每一缕雨烟
都在讲述一个故事
一字一句泣天地，感人间

初春我故乡的一抹雨烟
细如丝，轻如燕
一个美丽的回眸
牵我去寻觅
故乡的水，故乡的山
烟雨缭绕的家园啊
处处布谷鸟啼唱
满山野花烂漫
远望是一幅画轴
近看是一幅画卷

初春我故乡的一抹雨烟
像少女头上的纱巾
是母亲织机上绣出的锦缎

绵绵不绝的雨烟啊
洗亮了我的双眼
不绝的山歌
夹着雨衔着烟
久久地在天空回旋

初春我故乡的一抹雨烟
只留恋如诗如画的江南
淅淅沥沥的雨
染大了我朦胧的童年
歪歪扭扭的烟啊
驮着我害羞的初恋

初春我故乡的一抹雨烟
缀满青草碧绿的河岸
牧童尽情地和牛羊嬉闹
书包塞满了山花野果
刚学的单词早已抛在脑后
孩子们尽情地追逐雨烟到天边

初春我故乡的一抹雨烟
勤劳淳朴的父老乡亲
按捺不住致富的心愿
拿起锄头
扛着犁耙
一头扑进火热的田野
耕耘一年丰收的期盼

初春我故乡的一抹雨烟
古井旁开满野杜鹃
一朵朵，一丛丛
对我伸出绚丽的手
紧握二月搂住温暖
我把心交给飞翔的云雀
饱含热泪
拥抱灿烂的春天

这个春天很无语（组诗）

回故乡

在省城住了一段日子
我又开车回故乡转转
五个小时的车程
终于在山清水秀的小县城停下

群山怀抱着高矮不一的楼房
白雾萦绕着绿色的峰峦
满城铺满五彩的花瓣
众鸟飞翔叫声友善
一条小河穿流而过
是那么的寂静自然

最精彩的还是日升日落
给全城涂抹若明若暗的火焰
我真没有搞懂
为什么我会乐此不疲地奔波
是想去了断过去的恩恩怨怨
还是怀念曾经羞涩的初恋

友　情

我握着你的手很温暖
脸上堆满笑容
但隔着肚皮的那颗心
是不是属于我
我真的无言
前世结下的友谊
早被岁月的利刃割断

匆匆相逢，默然无语
一转眼
你已消失在天的尽头
模模糊糊的背影
我想不起你是谁
只有高空悬挂的一轮明月
才是我们共同的语言

殿　堂

傍晚
天色昏暗
我祈求暴风雨
来得快点
让它冲刷我心中

淡淡的忧伤和眷恋
我生命的火花更加绚烂

明天
我会更喜欢落日的苍凉
透过凄茫的泪眼
凝望远处一座山峰
我确实
那是我心中神圣的宫殿

一群鸟儿飞过我的村庄

太早了吧
晨曦挂在天边尚未散尽
一群鸟儿飞过我的村庄
无忧无虑悄无声息

一会儿你飞在前
一会儿你飞在后
像天边刚泛起的云霞
簇拥在一起依依不舍

谁也不肯停歇
你追我赶乐此不疲
一只只小嘴衔着笑容
分不清是鸟还是云

我真不知道
我该喜欢哪一只
它们一个个顽强坚韧挟风捎雨
对天空倾注一腔深情

我最怜悯
掉队的那一只
看它咬着牙鼓着喙
在拼命追赶不离不弃

我喜欢鸟儿飞过我的村庄
喜欢村庄里炊烟袅袅升起
还有啊，我更喜欢
田野里正辛勤耕耘的父老乡亲

湘西，甘甜的山泉（组诗）

读不完的边城

沈从文
用深情的狼毫
写完边城
便轻踏渔歌，乘帆远去
隐入茫茫风尘中

留下一段又一段
感人的故事和情节
让阅读的人激动流泪
更有好奇的人
不远千里来一览
边城奇丽的山水风光
领略山里人的淳朴善良

那座白塔依然倒映在
烟波里
终日云雾缭绕
默默无语
结成多少解不开的秘密

不肯回首
只有醉人的笛声
不绝于耳
吹响一阵又一阵诱惑

古老沧桑的拉拉渡
摇摇晃晃穿梭在酉水河上
船老板换了多少面孔
依然不改
桀骜不驯的秉性
只要纤绳在手
一般人的平安
就紧紧攥在掌心

大佬还在
二佬还在
兄弟俩还在为爱情苦恼
风风雨雨一上岸
就来到吊脚楼
听山歌吟唱
举酒杯畅饮
满腹的心酸
不知藏在哪片闲云

书我早已读完
在边城的街头巷尾
没看见爷爷，黄狗

和翠翠的身影
只有翠翠的雕像
映衬在蓝天白云下
冰清玉洁地
吟听三省的鸡鸣
凝望赛龙舟的劈波斩浪

云里的村庄

登上山顶
踏进寨门
手机没有了信号
一座掩映在云里的村庄
凸现在眼帘

一片古松，一湾翠竹
几声鸡啼，几声鸟鸣
为云里的村庄
平添了几分秀色
风前唢呐，月下歌声
一个名不见经传的山寨
成了网红打卡地

云聚云散
悦耳的歌声
开始又终结

终结又开始
云舒云卷
山里幸福的日子
就这样日晒雨淋
敞开又藏起
藏起又敞开

从此云里的村庄
有了讲不完的故事
一草一木
有了无穷的精气神
满山遍岭
有了五颜六色的光彩
难怪一栋栋的木楼
飘逸在苍茫云海中
昂首挺立，不肯言败

站在云里的村庄
怎不让我心旷神怡
赏朵朵朝霞
观一轮落日
不管我走在任何角落
遍地拾起的都是欢歌笑语

彩虹路

——乡亲们将新通的公路涂上色彩，取名彩虹路

是谁有这么奇妙的想象
竟把五光十色涂在公路上
似一条彩虹挂在天边
乡亲们亲切称它彩虹路

路一会儿飘在山间
一会儿又钻进云雾
惹醉了沿途的斑鸠阳雀
染绿了满山满岭的翠竹

这条路多像纯朴的姑娘
情怯怯，羞答答
藏在花丛中，躲在霞光里
贮满蜜的甘甜，酒的醇厚

难忘交通闭塞耳聋眼瞎的日子
小小的山村更加寡言少语
大山阻隔多少希望被扼杀
守着没通公路的贫困和屈辱

今天跋山涉水的艰辛已成历史
马达轰鸣撞破了大山的浓雾
丰收的果实运出山门
致富的笑声又拉进千家万户

深山里响起悠扬的歌声
乡亲们喜笑颜开地对人倾诉
稻田的禾苗挂满欢呼
荒山野岭泛出层层新绿

路旁朵朵山花绽放
路上偏偏彩霞飞舞
一辆辆汽车正载着一个民族
沿着彩虹路追赶幸福

浦市新曲（组诗）

古镇畅想

我头顶飘逸的云朵
可是从“边城”追来
不然怎么有一条大黄狗
随我漫游古镇
城墙依旧
城门依旧
沅江蜿蜒在这里翻腾浪花
浦市繁衍出江南的婉约
随手一掬
都可采摘大把佳词丽句

踏着青石板
我不敢高歌
更不愿低吟
这里每道风景都让你止步
这里的山山水水都使你
羡慕赞叹
斑驳的陈砖苔瓦
深藏千年的辰河高腔
毫不起眼的犄角旮旯

散发着静谧墨香和神秘风采

走进古宅
黛瓦青墙，庭院深深
一个一个灵魂纷纷跑出来
讲一些只有月亮听懂的话
屈原、沈从文也会光顾这里
闭目养神听一曲傩戏
煮一大锅江鱼
蘸着乡音下酒
醉在乡愁里

每条巷口
都像一根竹笛对吹
吹出一幅新的清明上河图
和一腔掷地有声的方言
浓浓的诗音
在我心中翻江倒海
我也不敢拿起笔
因为这里每一处景色
早在古人的妙笔中
铸刻在这片热土

烟雨锁江
惊涛拍岸
浦市
早被欢呼雀跃的鱼鹰
衔在嘴里焐热

渔歌
依在彩云尽头的长堤
白天啼唱
月夜啼唱

下湾遗址

光阴在一片陶土下
驻足
七千多年前
我们的祖先
也曾在这里
留下无数个谜
让人猜想

摇几撸沅江号子
唤醒了满江的臣民商人
掬一缕月光
细细品味
千年的情
随日月流逝
万古的爱
任时光飘荡
陶罐上拓印的泪痕
都在
怀念一段辉煌

一次神圣庄重的挖掘
那一片片带着余温的陶器瓦砾
牢牢凝固在釉下
仍忘情地唱歌跳舞
每一个轻盈的动作
顶开泥土
顶开受孕的春天
一个朝代呈现在阳光下
生机盎然

赛龙舟

在江水里颠
在浪尖上狂
这里的赛龙舟是另一道风景
昂起船头横着划向彼岸

赛龙舟的汉子
每一桨都虎虎生威
热血在沸腾
生命在咆哮

一划就是五千多年
江水里刻满沧桑
倒酒的女子常守在岸边
相思泪浸湿一轮太阳

赛龙舟
注定是敲锣打鼓的日子
孩儿撕心裂肺的加油声
在阿妈清澈的目光里摇曳

每一桨划过之处
浪花飞溅波涛汹涌

将恬静而祥和的岁月敲醉
故乡的山河无处不葱郁

把梦想编织成歌谣
在洒满阳光的江面游戏
划出划进，划进划出
这个民族最喜欢在波涛里浪遏
飞舟

遇　见

盛夏
下榻在民宿——“遇见”
江水簇拥你的典雅
浪花伴奏你的幽静

在“遇见”遇见“遇见”的老板
一个在深深庭院
摘花听雨的小姑娘
正和涛声说悄悄话

想不到
“遇见”的老板
这样年轻
端庄秀丽中
秀出素雅
清清爽爽里
又凸显洒脱神韵

和她美眸相遇
目光是静的
心是静的
一股温馨袭上心来

浅绿色的旗袍裹着她
小巧的身段
亭亭玉立
浑身散发昂扬向上的活力

池塘的荷花
含着晨露
院中的百花悄悄绽放
你把“遇见”装扮得大大方方
你把气氛调试得
和谐从容
一个瘦弱的小女子
头顶一片天
脚踏一方土
竟把“遇见”经营得有滋有味

今天在“遇见”相逢
没有问候
没有告别
人生的脚步
总是那样匆忙仓促
望着你消失在晨曦里
你的身影已留在我诗中
希望明天还能遇见你

小山村

小山村
小的只是地图上一小黑点

从这头走到那头
太阳升起来了
从那头走到这头
月亮又落下去了

从左走到右
花儿就开了
从右走到左
花儿又谢了

双脚
只要踏进寨门
就会溢出
酒香
山歌
笑声

房前屋后
就挂满

沉甸甸的收获
和缠满喜庆的故事

走出走进
走进走出
头发走白了
腰杆走弯了

小山村啊小山村
漂泊他乡的游子
走得再远
都会回到这里
回忆自己的一生

守　望

一只雄鹰
一生只在家乡守望

守望连绵起伏的群山
守望纵横千里的田园
守望炊烟袅袅的村寨
守望河边不歇的水车石碾

守望蹲在船头打量的鸬鹚
守望山坡上晒太阳的牛羊
守望一年四季哼着歌声的泉水
守望夜半爬上吊脚楼的月亮

这一切都捆不住你的翅膀
每天你盘旋在故乡的天空
就会扑棱棱地
啄破乡愁

我魂牵梦绕的油茶林（组诗）

村里有片油茶林

是天神倒泼了色彩
把山坡涂抹得翠绿翠绿
推开我家的木门
满眼尽是醉人的油润
上山下山，进村出村
迷失了我熟悉的路

朵朵油茶花
惹来了山雀儿的啼鸣
跳上跳下，叽叽喳喳
争相吸吮花的清香
敲醒了山村沉寂的梦境

曾经杂草丛生的荒坡
阿爸用锄头种下希望
阿妈用汗水浇灌辛艰
今天沉甸甸的油茶压弯枝头
掀开了小山村新的一页

朋友们来吧

来村里的油茶林吧
我十分高兴地摘了一颗
摘下一串甜甜的乡情

油茶花开

村里没喜事
你也无忧无虑地开
白涯涯的花朵儿
开得绚烂
开得热烈
如天空飘洒的雪花

桃花，杏花不等你
油菜花，樱桃花不等你
它们等不及季节的时差
忙着结苞挂果
你却不慌不忙
一年开了两次花

油茶花，你开吧
尽情地开
油茶花，你白吧
放肆的白
不要羡慕百花的艳丽
开——是你庄严的承诺
白——是你纯洁的品格

摘油茶

玉米熟了，谷子黄了
秋天的欢笑
都收满仓了

油茶等不及
笑得合不拢嘴
乡亲们上山吧
快来采摘丰收的喜悦

拿短刀木杈
挑箩筐竹篓
每一个进山的人
生怕吵醒你甜美的梦
谁晚摘一步
油茶会翘起鲜红的小嘴

放眼望去
摘油茶的人满山遍岭
不知哪位姑娘唱起山歌
不晓哪位后生
摘下了几片彩云

摘一筐甜蜜的欢乐
摘一篓幸福的笑声
摘吧，尽情地摘吧

我快乐的童年
遗落在油茶的清香里

油捶声声

月牙镰收割了秋凉
小溪旁水碾房笑声朗朗
寂静的小村哟
传来了油捶的欢唱

油捶声声
打油匠把茶籽
烘干，碾碎，蒸熟，圈饼……
每一道工艺
都深深地刻在心上

油捶声声
阿婆的项圈亮了
阿公的酒碗满了
阿哥迎来娶亲的日子
阿妹就要做新嫁娘

油捶声声
每一捶捶得嘹亮
每一捶捶得粗狂
捶出了一片火红的天地
捶出了一个春意盎然的山乡

鸡蛋哥与诗

——献给苗族诗人梁书正

别看不起他那双捡鸡蛋
的手
也别嫌弃他每天和鸡
打交道
鸡蛋与诗都是他的亲人
生命中有它有你有我

诗人每天最开心的事
就是和鸡蛋促膝谈心
每一枚鸡蛋被诗人拾起
轻轻放进甜蜜的竹篓

鸡吃小虫子
喝的山泉水
蓝天白云给诗人灵感
袅袅炊烟让诗人饱含激情
有了灵感

他的诗就孵化在鸡窝里
他的诗就孕育在田野中
一字一句都散发鸡蛋的清香

一段一行都有鸡旺盛的活力

他的诗乡亲们都喜欢
他的诗鸡成群结队爱朗诵
听了他的诗山花开遍山野
麻雀会叼着他的诗飞遍村寨

他的诗和田园一样纯朴
读到他的诗
鸡会竖起耳朵听
蹲在树上出奇地温顺

每一颗蛋浓缩了幸福的光阴
每一首诗都噙满诗人的深情
是血是肉你依恋我
是诗是歌我吟唱你

春也期待
秋也期待
鸡群纷飞霞满天
诗也空灵
诗也盎然
诗声琅琅润心田

故乡噙满我相思的泪（组诗）

神秘湘西

摘下每一颗星辰
都深藏神秘的故事
牵来每一朵云彩
也难解你神秘的梦

追寻湘西神秘的人
多远方来客
他们像小鸟
成群结队扑向这里
觅小桥流水
探田园风光
把一串串问号泼满山山水水
把一串串惊叹号画满地头原野

湘西
上善若水
喜欢依山而居，辛勤劳作
每一粒稻谷、玉米、高粱
每一朵桃花、李花、梅花
都是她哺育的孩子

阳光下生长许多故事
众乡亲写下的诗句
在春夏秋冬丰腴饱满
香气袭人

湘西
岂止一幅水墨画
任千万儿女风情万种
吹一箫情深
携一路慈祥
还疑问一双清澈的眼睛

湘西
在阿公烟斗吐出的烟圈里
在阿婆头上高高盘起的丝帕里
在阿哥带钩钩的砍刀里
在阿妹银光闪闪的银饰里

湘西
在阿公酿造的苞谷酒里
在阿婆腌制的酸菜里
在阿哥拳不离手的武功里
在阿妹哼唱的山歌里

今日的湘西
早已是一张靓丽的名片
任何时候都楚楚动人
正面叫神秘

背面叫神秘
高速
高铁
飞机
都迫不及待地把湘西
奉献给远方
推介给世界

这个季节回不回故乡

这个季节
故乡最好不要回去
多情的土地
会让你眼花缭乱
会让你迷失回家的路

故乡
是一根十分敏感的神经
撩拨不得
轻轻一碰
泪水止不住流
心痛得失去知觉

为了离故土近一点
为了让鸟声在耳边再次
响起
这个季节

故乡啊
我又不得不踏上
这片亲切而熟悉的土地
近距离聆听你的歌声

这个季节
我的故乡遍地都流着蜜
肥硕的竹笋拱开黑土
纷纷昂起头和阳光聊天
香椿吐出翠绿的嫩芽
自然的清香醉晕掠过的小鸟
漫山遍野的蕨菜、折耳根
害羞地低着头
害怕和空气谈情说爱

这个季节
只要回到故乡
这些纯天然绿色的野菜
就会争先恐后地爬上餐桌
等着回家的游子
把酒言欢
细细品尝
慢慢咀嚼

更有红的、白的、黄的花儿
挂满枝头
就连村口的土地菩萨
都笑盈盈地欢迎归家的人

我的故乡
不再是一片飘零的落叶
贫瘠孤独
不再是河边的破水车
每天唱着疲惫的歌

在故乡
我随便找一处草坪露营
点点星星，与一轮明月吟诗
对于我的突然造访
故乡展露古铜色的肌肤
不带一丝娇气，十分青春强壮

划一乌篷船
携阵阵风铃声
点亮一江渔火
轻轻咬住故乡的耳朵
倾诉满腹衷肠
故乡就是流动的画
任我欣赏收藏

怎么走也走不出
我情感的牵绊
悄悄地走进村口的老井
我捧起一掬井水
像被母亲慈爱的双手
洗涤一番

此时
全村的乡亲都伫立村口
满脸笑容
像举行一场隆重的欢迎仪式
其实我仅是一条洄游的鱼
期待故乡一往情深地
来垂钓

父亲的菜园

种一行朝天椒
栽一垄小白菜
以苦瓜为伴，以南瓜为荣
小小菜园
培育的都是本地品种
虽然貌丑矮小
但父亲说
这样的味道才好
微苦，清甜

父亲的菜园
离家不远
就在屋后的山坡上
向阳，通风，透气
每天父亲爬着盘旋的山路
深一脚浅一脚来到菜园

和每一株菜苗亲热谈心

阳光拉近了天空的距离
你手握锄头，躬着腰
成了一尊雕像
有时你微笑地给菜苗
浇水施肥
有时你缄默地给瓜秧
除虫铲草

有雨露来光顾
有鸟儿来歇息
父亲有事没事就蹲
在地头，抽一袋烟
掐算着一个又一个时辰
生怕耽误了阳春
你把菜园打理得干干净净
像一幅油画
悬挂在大山深处

有一天菜园里
再也没看见父亲的身影
菜园的菜全部枯萎
在为地头新添的一座坟头
哽咽、哭泣
种了一辈子菜的父亲
还来不及给菜园扎一圈篱笆
却把自己深埋进了土里

第二辑 DI ER JI

山水赋予我的感悟

你和我

你是我
笔下一根线条
一个淡妆素雅的女人

醉人的墨香
是星空最亮的一隅
你清澈的眼神
闪耀着难以忘怀的忧伤

嵌入画布上的爱情
没有丹青水墨的浓艳
只有你
亭亭玉立在云中

你在月光下
我在月光下
远处响起的鸟鸣
将我俩送到月亮之上

现在只要默默无声
一切美好的东西
都在赶来的路上

我多么期待你
粉墨登场
其实你早已走进
我心灵深处

春的讯息

今冬的雪迟迟不肯降临
油菜花一片一片的
早已怒放在田间地头
金黄金黄的在阳光下
起舞吟唱

纷乱四季的日子
突然在眼前闪耀
措手不及的我
只能翻箱倒柜找出春装
和花朵比美

一群大雁北去又南回
在天空写满春的讯息
老翁垂钓江边
一根钓竿
独钓一江寒雪

痴　想

我坐在家门口的石阶
望着池塘的水
痴想漫想说不出一句话

风吹着小船
在水中打转转
好像在江河里驰行
有云有雨陪伴

两岸的人家
有人在歌唱
鱼儿纷纷躲进水中
惊慌失措

风不知从何处吹来
波光粼粼的水纹
死死地咬住船的纤绳桅杆
越贴越紧

三三两两的引人
一行湿漉漉的脚印
捞起水底的故事

坐了一个上午
我的痴想漫想
掉进了水里
泡都没起一个

人 生

岁月过得真快
我留恋的时光
一眨眼就消失得无影无踪
我还在追逐阳光

人生其实简简单单
我从没做亏心事
画笔绘就的丹青
很干净，很轻盈

一株小草就是墓碑
隆起的土堆可做山的倒影
跌跌撞撞的脚印
可是我简约的履历

今夜无眠
月亮已被萤火虫啃缺
我的心灵不允许画蛇添足
死亡能纠正一生的错

山　庙

人来人往最多的地方
自己吃不饱
也要把仅有的一点
好东西
贡奉给你

袅袅的香火缭绕
不断点燃人们的期望
最后烧成灰烬，掉进尘土
等待明年春暖花开

乡亲们赶走失望又奠拜你
谁也听不懂的诵经声，献给菩萨
村里的老人走了一位又一位
唯有你
香火正旺，禅声不断

山庙，宗人们心中的神
被风雨侵蚀得斑驳沧桑
昂首挺胸穿越历史
点亮一盏盏生命之灯
到了这里，心中的希望又会燃烧

雪终于藏不住秘密了

——写给 2012 年 12 月 26 日的大雪

雪终于藏不住
今天情不自禁地
把一生的秘密
向大地倾诉

你看它
细腻柔美，纯洁多情
在空中
一朵一朵地飘啊，飞啊
互相交织，互相纠缠
不愿惊动每一片落叶
不愿骚扰每一只飞翔的小鸟

在天庭
你的秘密丰富多彩
你听惯了嫦娥的呼吸
你偷喝了吴刚的桂花酒
你每天和星星聊天
你每天和阳光嬉闹

今天
你终于把自己的秘密说出来
用一颗洁白的心
直到把大地上的
树林，山川，田野，房屋
一切的一切
都掩盖得严严实实，密封不漏
白茫茫的一片
你才歇下气来

我拾起一片雪花
打开你晶莹剔透的心扉
分享你的秘密
大雪纷飞
一切美好如初
牛羊归圈
炊烟袅袅
孩子们雪中玩耍
一个僧人
雪地里诵经
人们无暇关心你的秘密
因为人世间的秘密
更精彩，更奇妙

大雪无痕
雪色中我更牵挂远方的人
雪未下
你没来

下雪了
你也没来
你不是说雪能带来好运
这个秘密只有我俩知道

雪
又飘飘洒洒下起来
人们纷纷踩着你的秘密
你痛吗

再读刘年诗（外一首）

雨天
到处湿漉漉的
哪儿也去不了
我把时间
交给了刘年

读刘年的诗
猜刘年的远
眼睛会流泪
心窝会隐隐作痛

爱骑生锈的摩托
专走崎岖坎坷的路
才体会到爱情的珍贵
才触摸到亲人的温暖

数夜空的星星
望雪山鹰的盘旋
尝他乡的沧桑
思故乡人的冷暖

一个学工科的人
浪迹天涯
把每一个零件写成诗
成了经典

发誓不再碰江湖
不再讲情仇恩怨
所写的每一句诗
都洒满仁爱
每一个读你诗的人
都会泪流满面

人很年轻诗句老成
刘年的诗如酒
越酿越浓越窖越烈
千回百转万缕情深

母亲与山

故乡的山
比蓝天矮一点
母亲种地要爬山
母亲放牛要爬山
母亲挑水要爬山
母亲砍柴要爬山
只有当母亲抚摸

蓝天和山峰时
她每一个动作
都比蓝天和山峰高
母亲挥锄扬鞭的模样
慢慢高过她的头顶

春天来了

朋友，春天来了
快抹去忧伤，驱散烦恼
向着太阳奔跑
虽然冰雪还未退尽、寒风还在呼啸
但初春的花蕊已经绽放
枯黄的小草已吐出绿苗
虽然鸟的啼唱还零星稀疏
虽然停航的船还未起锚
但等着吧，滚滚的春雷已经炸响
和煦的春风已吹遍树林、山坳

你看一丘丘稻田
头戴斗笠身披蓑衣的人
正在播种希望
放牧的孩童摇响铜铃
赶着牛羊欢快地奔跑跳跃
啊，就是做梦
也不要梦见冰窟窿
或掉进寒冷的古井

我的梦
处处是春天的绿

是春天的烟雨
是高楼林立的城镇
是如诗如画的乡村
是鳞次栉比的梯田
是新开垦的处女地
是滚滚的车流
是机器的轰鸣
久违的春风叩打门窗
一滴热泪，一抹欢笑
处处都闪耀着春天的气息
吹生了遍地的绿茵
从此古老的石头有了新的生命
嘶哑的嗓音又唱响迷人的歌谣

你的温暖和勃勃生机
正点燃熊熊燃烧的青春
你紧紧呵护的每一粒种子
正生长出碧绿碧绿的枝条
风已不再寒冷
暖暖地吹在我瘦弱的肩膀
还多了一股阳光的味道

快来吧，朋友
快来享受春天的欢乐
快来分享春天的妖娆
难怪人们都说春天美好
因为它经历了风雪的考验
沐浴了严寒的料峭

春天说（组诗）

桃花雨

纷飞的雪花
还未走远
在春天必须经过的路上
桃花雨却纷至沓来
等不及亮出它绚丽的色彩

本来今年的春天就姗姗来迟
雪不知害羞地下了一场又一场
一片一片桃林被雪遮盖
闭着眼睛，以特有的姿势
看着雪的肆虐，雪的疯狂

雪终于抵挡不住春的顽强
黎明十分
满树满树的桃花
凝聚了全部柔情
一瓣一瓣地倾盆而下
铺天盖地的桃花雨
以一个瑰丽的眼神
扬眉吐气地把寒冬抛在身后

雪花早已缴械投降，逃之夭夭

飘啊、洒啊、舞啊
一场桃花雨
像雾像云像霞
从东方地平线上
将一片片桃红托起
你迷人静谧的微笑
荡漾在春天灿烂的泪花里

春　茶

含着一抹春的翠绿
一叶一叶漂浮在杯底
甜美的梦中
让人羡慕，令人陶醉

满园的春茶
被阳光涂满深深浅浅的嫩黄
你被鸟歌云袖洗涤的灵魂
浸泡在沁甜透亮的泉水中
无枝可栖

茶园的山路弯弯曲曲
采茶姑娘的笑声弯弯曲曲
五彩的衣裙在绿色里穿梭
白嫩的手指掐一片新茶

茶园就多一缕青春的柔美

山有些醉了，园有些醉了
小鸟也衔着春天
痴痴傻傻地歇在树上
忘记了回家的路

我的歌声
是茶园拾掇的片片落叶
是茶园拱起的冉冉新芽
是我悠扬的短笛
吹响的一抹绿色记忆

轻轻舒展，尽情漂浮
小小茶壶
盛不下故乡的热情
我慢慢泡，细细品
泡出深深的思念
品出浓浓的乡情

相　逢

初春季节
我和你在绿皮火车相逢
你蓬松的头发
浮肿的眼睛
无神的目光

像一个忘记采摘的茄子
被霜冻折磨得皱皱巴巴
愁眉苦脸的模样
让人看了心痛无比

你一路不吃不喝
沉默无语
你粗糙开裂的手
不时捂着
爬满皱纹的脸庞
泪水从沾满泥土的手指缝里溢出
身高近六尺的男儿
是遇到什么样的悲伤
才这样痛苦难过
我该不该试问或安抚

夜幕降临
你在一个偏远的小站下车
行色匆匆的出站人流
一下子就吞噬你瘦弱的身影
望着你踉跄迟钝的脚步
我想你多像我老家当农民的大哥

这次相逢
我再也无心情欣赏沿途的风景
只有你那无助的眼神
深深地扎在我脑海
让我十分茫然，不知所措

感悟（组诗）

黄　昏

我打算去故乡
再走走弯弯曲曲的河堤
去独享落日的黄昏
感叹人生的短暂

爬过山顶
云霞慢慢坠落谷底
南眺平川，西望壑口
暮色羞羞答答
一直不肯送我下山

牛羊走进了栏圈
炊烟缩回了茅屋
我的归途迷了路
夜空中乱撞的萤火虫
是我丢失的魂

父亲和亲人
连同许多不舍
长眠在村后的山岗

碑文刻在石头上
刻得太深，很痛

我敬畏这样的山水
我惧怕如此的黄昏
一辈子都走不完的河堤
思念随时玉树临风

找一处河岸独自坐下
理理心中的悲喜和悔恨
置身在这么寂静纯洁的土地
一切的一切都可以从头再来

大　海

我是那个拿着钓竿
走向大海的人
我是那个蹲在海岸
捧起浪花的人

波涛一浪高过一浪
和我私语的海鸥
捎着海的湛蓝
梦一般迷人

海水洗净的月光
布满船帆椰林

惊涛骇浪过后
海，前所未有的宁静

一望无垠的大海
我全力嘶喊自己的魂

雨 中

天通眼了
淅淅沥沥的雨不肯停歇
那天在雨中
我号啕大哭
分不清是雨水还是泪水
涩涩的有点咸又有点甜
如我走过的路
坎坎坷坷，凹凸不平

任雨水冲刷我的躯体
凭雨水洗涤我的灵魂
爱恨情仇可以舍弃
人的一生可以重来
终于我找到自己的位置
雨水中慢慢懂得了
坚强和执着占据双眼
心中撑起一桅乘风破浪的帆

梅　子

蝉浅吟低唱
我家的梅子园
便从夏走到秋

梅子由青到紫
长长的思念只有一瞬
梅子雨却不肯停歇

幽深的古巷
秀发飘逸的姑娘
撑着油纸伞
深情走来

她是摘涩口的梅子
还是品梅子酒的香醇
姑娘的心思
只有荷塘边
钓鱼的年轻人知道

看一眼，多看一眼
不管水里的鱼已上钩
昨夜染过月色的梅子
纷纷落下
如两颗熟透的心

可以采摘

姑娘
你的眼神
落在那处枝头
你看
满园婆娑
梅换成了橘
荷变成了藕

星空下
姑娘张口接住小伙喂的梅
轻轻地咬了一口
恍惚中
一颗小小的梅子
有着隐隐的甜
又有微微的酸

梧　桐

这个季节
倔强的梧桐
还在坚守
满树的绿荫不肯褪去
阵阵暗香
夹杂着几声蝉鸣

你的性格如脚下的土地
暴风骤雨
烈日灼心
你纹丝不动
与自然做最后博弈
你的生命不与其他的生命共生
孤独地悬挂在枝头
让一轮红日
亲吻沐浴

你的眼睛总看不见
自己的影子
飘零的风
将春花秋月筛成碎影
只有一颗痴痴的心
还在等待凤凰来临

枫　叶

夹在一本精美的书中
那是最吸引芳心的诗行
不需要读出声
幸福的泪水早湿透衣裳

乘着和煦的山风
一片一片飘落在窗前
两颗碰撞的心

把初恋染得彤红

漂亮的少女
喜欢和你缠绵
等其他花儿都变成尘埃
你化作红纱巾盖满少女的头

秋天歌谣（组诗）

羊群和我

山里的秋好静
只有羊群和我
羊吃草的声音
软软的，糯糯的
我唱歌的声音
柔柔的，甜甜的
风吹过山冈
没有多余的声音
只有青草散发的芳香

刚出栏的羊十分温顺
不要我扬鞭
它们悠闲悠闲地
吃草撒欢
红色的、黄色的野花
纷纷凑过来
偷听我和羊的悄悄话

无数个身影阳光下飘动
分不清是青山还是云朵

更分不清是羊还是我
星星点点的蹄印
踩软了这片草地
扰乱了春天的颜色

我用狗尾草编织的童年
和弯弯的羊角一样
挂满了露珠、阳光、炊烟
像一个问号
咀嚼生活的酸甜苦辣
每天迎着村庄弥漫的酒香
羊群和我驮着夕阳回家
五福兴旺的日子
笑醒了山里人的梦

收藏秋季

看腻了高楼大厦
听厌了喧嚣噪声
总期盼我回到儿时
瓜果飘香的日子
把丰收的秋季好好收藏

我变成一只南飞的雁
驮着思念飞回故乡
家的秋天这样迷人
斑斓的色彩映入眼帘

成熟的果实噼啪作响

稻穗落花，玉米金黄
辣椒鲜红，瓜菜吐香
把田里的、地里的通通收割
晾晒在房前屋后的闲坪空地
挂满家家户户的屋檐房梁

我的父老乡亲都成了画家
随便涂一笔就是一幅秋收图
乡音勾兑的酒
醉了寂静的村庄
丰收的喜悦堆满粮仓

谁也不愿弄脏
如此干净的图画
绚丽的秋在心中流淌
终于我收获了秋天的梦
再辽阔的土地也难把乡愁收藏

八月瓜

浓缩岁月的精华
饱含青山的深情
大自然悄悄地揭开你
神秘的面纱
你裂开害羞的嘴

笑看人间烟火

没有荔枝的娇艳
更没有石榴的浓郁
只有一种情感
比爱上八月更炙热
你成为秋天的一抹杏黄
伫立在悬崖峭壁

惹来蜜蜂的吸吮
招来云雀的啼鸣
在僻静的荒山野岭
你挂满枝头悄悄成熟
岁月记下了你的沧桑

你把无限的甘甜
裹藏在大自然的怀抱
从不搔首弄姿卖弄风情
朴实无华中彰显你的风骨
清新淡雅里不落俗气
八月瓜默默甜蜜人们的生活

旗　袍

讲究布料的独特
考验匠人的手艺
一次简简单单的裁剪
竟能如此耀眼夺目
轻如流水，柔似白云
一件普普通通的旗袍
奇丽得令人惊叹不已

这种服饰
只配穿在东方女性身上
不论高矮
不分长幼
穿上它
大方秀丽，端庄飘逸
风情万种
一片春潮秋汐

一轮明月铺洒古巷
摇曳来的女子
丰腴玲珑的体态
薄如蝉翼的旗袍
宛如古老的神话

恰似缕缕烟雨
谈笑间
默默述说岁月的沧桑
炫耀丝绸之路的辉煌

一把油纸伞遮挡不住
一抹多彩的云
一举一动
饱含东方女性的神韵
精巧的布纽扣
扣住人生的曲线
开衩的腰身
留给人间无穷的魅力
身着旗袍的女人
一次不经意的回眸
惊艳了世界

樱桃红了（外一首）

一到这个季节
樱桃就红了
树生长得太慢
姐姐拽着我的小手
满山遍野采摘最红的那颗

姐姐摘的那颗樱桃
被我含在嘴里
舔了又舔
直到我咽下
姐姐咂了咂嘴
看着我的目光
酸酸的，甜甜的

樱桃园是姐姐的家
这里色彩鲜红
这里芳香扑鼻
舌尖的味道稍纵即逝
姐姐期盼我抓住甜甜的一季

姐姐知道父命难违
很小就成为樱桃园的主人

她一刻不停地为樱桃园
浇水，施肥，修剪，扯草
她尚未成熟的胸脯
过早品尝了生活的艰辛

那一天吃的樱桃
我至今还记得
为什么那么甜，那么甜

几只斑鸠，慢慢朝我靠近

清晨
我坐在绿草坪
几只斑鸠
慢慢朝我靠近

斑鸠小心翼翼
左顾右盼
一小步一小步
往前挪动

风甜甜的
从四面八方拢来
有抚爱
有祝福

一会儿

斑鸠放松了警惕
蹦蹦跳跳
载歌载舞
在草坪上撒欢

这是被我坐过的一片绿荫
除了斑鸠的鸣叫
大地一片宁静
又是一个祥和的黎明

几只斑鸠
慢慢朝我靠近
有时它们欢聚一起
互相梳理羽毛
没完没了

有时它们忽然来个跳跃
互相追逐
偶尔交谈一下
甜言蜜语

也许斑鸠
认为我是一朵花
散发扑鼻的清香
它用小巧的嘴
闻了闻，嗅了嗅
围着我不愿散去

也许它又把我当成一棵树
它们摇晃着小脑袋
幻想着在枝干上
谈情说爱
生儿育女

多爽啊
几只斑鸠
慢慢朝我靠近
它的每一步跳动
都像弹奏钢琴
它的每一声啼唱
都像吹响短笛

我享受这个过程
像伤疤愈合长出的新肉
痒痒的又有点轻微的痛

在我身旁不远处
有几条小虫在蠕动
斑鸠期盼的眼神
告诉我
它想吃

离小虫仅一步之遥
突然几片树叶从空中飘落
斑鸠吓得

噗滋一声飞向天空
它腾飞的一刹那
还把一抹秋色
噙在嘴中

我仍爱着你

虽在深山
我还是想说
对不起
我仍爱着你

这句话
藏在心底太深
和我一样
在山里
沐浴了太多的春风
沾满了野花的花香
听惯了小鸟的啼唱
就连呼吸都荡漾着
爱的汛息
爱的浪潮

曾经伤过你心
太不珍惜你
给予的爱、祝福
还有诗
深山里
怎么都抓不住

远逝的岁月
抹脂擦粉也换不回
青春年少

我的心
到如今才知晓
爱的珍贵
我的思念
早已挂满湛蓝的天空
汇入涓涓的溪流
面对苍天大海
我常常泣不成声

此刻
在遥远的小镇
朝着离别的方向
挥一挥手
那些被繁荣演绎的春华秋实
通通地抛到脑后

不说，什么也不说
就是思念
撞击一颗寂寞的心
我祈求
月光融融
佛香聚拢
我们的相会
正如一行无言啜泣的诗

暮　秋

这个季节
神仙也禁不起诱惑
一切花都会凋谢
只有你还绽放着
不忍散去

你顽强地活着
甘于把生命
恰如其分地留在
山一程水一程的征途

其实这个过程很短
你养育自己的时光很短
阳光下十分珍惜
你的色彩仍然绚丽
你的枝头仍然摇曳

秋深了
风吹醒亡灵
该走的就让它远走吧
雪正悄悄地来临

当然谁不羡慕
万紫千红的春天
只是谁都不忍亲历
美好的一切绝尘而去

远逝的村庄

通往寨子的那条路
早已落满树叶
腐烂，枯萎
蝼蚁厮啃着甲壳虫
津津有味
耀武扬威如闯入无人之境
牛羊也陪同主人，搬到山下
蹄印凌乱，发霉
贮满了臭水
山鹰在空中盘旋
每一个俯冲都是
十分怀念的符号

漫山遍野的野果
没人采摘
几只乱窜的麻雀
也嫌它没有过去香甜
摘一颗，丢一颗
把鲜艳的汁水丢洒一地
只有田野里的草垛
尽职尽责地守护这片家园

村头的水井
早已枯涸
无法再叠印青山白云
只有那只打水的木桶
空荡荡吊在半空
任风霜雪雨侵蚀

寨子空落落的
寂静得没一丝气息
爷爷背回的柴火
零乱地堆在小院门口
又长出新芽
偶尔在寨子后山
看见几座坟头升起黑烟
那是搬离的人
在和亲人辞行

阳光暖暖地照着
拐弯处
只见神志恍惚的老人
在弯弯曲曲的山路上蹒跚
他是不是又闻到
稻草和猪粪燃烧的余味
是不是又听到青蛙的鸣叫
他极力模仿南飞的大雁
往家的方向飞翔
他一定有未了的心愿
遗落在远逝的村寨

白　鹭

静静流淌的河流
平缓蜿蜒的河滩上
经常歇着几只白鹭

在河边
白鹭如鱼得水
一会儿蹦蹦跳跳
在卵石里寻找小鱼小虾
一会儿金鸡独立
注视着远方
瞄准了目标
一会儿又翩翩起舞
展翅高飞

这几只白鹭
不是古画里飞出的那只
不是山歌里飞出的那只
不是捣衣声飞出的那只
它时刻警惕着
窥视水里撒欢觅食的鱼

白鹭身披洁白的羽毛

分不清是河面飘洒的白雾
还是岸边芭茅草怒放的花絮
它佯装水中一朵流动的白云
骗过一群又一群机灵的鱼儿
突然发动偷袭
一下子腾空跃起
又一个俯冲破浪钻进水里
一条鱼便叼在嘴里
垂死挣扎
剩下几只小白鹭
眼巴巴地
等待分享胜利果实

望断秋水
鱼儿跃浅滩翻云覆雨
白鹭不肯停歇
明亮的双眼紧盯河里
方寸不乱等待出击
白鹭我喜欢你的洁白
更喜欢你的机智
我常常悄悄来到河边
远远看着你的身影发呆

今天只可惜
你已成为城里明亮的窗里
望着迷人河滩的特写镜头

又一春

雪融了
泉水开始潺潺
路旁的桃花
等不及人们的抚爱
开放得十分妖艳

我目睹了花蕊
绽放的过程
有几只蜜蜂
在眼前晃动
它吸吮花的精髓
又躲到悬崖下酿自己的蜜

寺里的沙弥
顺手摘了几枝
插在大堂的神龛
慢慢升腾的黄烟
裹满花香
几尊慈祥的菩萨
用白嫩的手指
轻弹禅意
祈祷一个新的轮回

人间三月
灼灼其华
我终于明白
人世间匆忙又美好
花开花落
又是一季青春年少

梅　花

雾霾还在肆虐
雪花尚未消融
梅花迫不及待地怒放
在山上、山下、沟里、沟外
开得热烈
才不管春天还没来临

真不甘心
给梅花展示的时间太短
人间没有什么美丽盛极不衰
必须抓住属于自己的瞬间
不管雪霜折磨得伤痕累累
让我先绽开一朵朵花蕊
再凋谢渗入大地
和桃花、李花一年的花期相会
分享它的花团锦簇

一只报春鸟歇在枝头
嘴里衔着一枚花瓣
执着地坚信
风阻止不了，梅花
自由自在燃烧在二月的天空

雪　夜

雪花
不肯停歇
我等你
在雪夜
风追着我的思念
和茫茫夜空一起流泪

难忘那年春节
绵绵大雪
我俩堆了两个雪人
一个是我
一个是你
稚嫩的脸颊
染上了一层早熟的羞涩

我俩的飞鸿爪痕
至今还遗留在小村
残垣断壁
可惜我俩的秘密被雪淹没
一梦醒来
雪人已化为尘埃
雪地里只留下许多惋惜

和一往情深

久等不来
火烧得越来越旺
酒温了又温
你的旅程在那方停顿
你听启明星捎来你的佳音
不要急
我等你
在雪夜

从未谋面的父亲故乡

从未谋面
父亲的故乡
只是在籍贯一栏
端端正正填上湘乡

父亲的故乡
我只是在梦里见过
还有从父亲的回忆中
晓得有一条湘江从门前流过

父亲的故乡是江南
成片成片的荷花映衬蓝天
还有一位采莲蓬的姑娘
那可是父亲的初恋

街头漫步的人
我总当成是老乡
常常用半生不熟的乡音
倾诉心里的情话

父亲的故乡是什么
让我那样地怀念牵挂

每当夜深人静的时候
想起它便潸然泪下

岁月无情
相见无期
从未谋面的父亲故乡啊
结满了一地相思

邂逅倒春寒

想不到大自然
也学会了螳螂捕蝉
大地刚刚泛起一抹绿色
因为邂逅倒春寒
又纷纷躲了起来
没有一点生气

邂逅倒春寒
冷得尴尬
冷得突然
不知是哪路神仙
猛一脚刹住了季节的轮回
又刮风又下雨
气温一下子退回到冬天

邂逅倒春寒
刚刚绽放的花蕊
又收起了鲜艳的花瓣
被霜冻洗浴过的野草
都长成珍稀的中草药
我翻箱倒柜找出的夏装
又塞进箱底

这难道是树枝发芽的时候
寒冷和人间最后的一场别离

邂逅倒春寒
原野里
倔强的父亲正耕种土地
这片浸透酒歌饱含期待的土地
父亲头顶斗笠
托起了滚滚乌云
父亲身披蓑衣
可抵消任何暴风骤雨

邂逅倒春寒
我一点不觉得稀奇
站在寒风凛冽的门槛
我心春潮涌动春意盎然
不管季节如何千变万化
就让我们一起分享
人世间的所有蝶变
不管经历多少沧海桑田
就让我把禅意永留心间

新的一天

旧的一页注定要翻过去
风挡不住、雨挡不住
谁的手也挡不住

因为眼睛已盯着明天的曙光
耳朵期待着黎明的钟声敲响

新的一天
不管小鸟、蛙群、万物是否苏醒
人们会重新抒发新的诗情

旧的生活注定会一闪而逝
新的阳光必定会普照大地

过去的一天开始生长锈痕
新的一天鲜花弥漫芳香

我是一个分不清“主谓宾”的
但我知晓该如何迎接新春

终于我懂得分不清新的一天的人
便不会找到尘世里的缘

水　漂

小河边
沙滩上
捡起一片小青石
往平静的水面
打水漂
小青石
在水里
溅起的涟漪
就是一个梦幻
可惜
一瞬间
涟漪漂得无影无踪
河水又趋于平静
站在岸边
我不停地变换
打水漂的姿势
涟漪溅起——梦又开始
涟漪沉下——梦已远去

春　笋

难道你真的
要等一场雨
才肯破土而出吗
雨后春笋一词
难道是人们的想象

其实雨没下
你照样在土里
天马行空，茁壮成长
老天爷给你的恩赐
你是一点都不会浪费

我还是期盼
一场雨快点下吧
因为我多想看到
雨后春笋
这样的场景早点来临

河　水

妈妈常说
家门口的这条河
水太清了，太清了，太清了
接连讲了多次，赞不绝口
像躺在父亲的怀抱
喃喃细语

冬去春来
山河依旧
有一天母亲伏在我耳边
神秘地说道
她死后就用这河水给她擦身子
她一辈子清清白白地活着
也想清清白白地死去

比 高

比河流高的是村庄
比村庄高的是梯田
比梯田高的是山峰
比山峰高的是森林
比森林高的是天空
比天空高的是人心
心比天高选自成语

枇杷黄了

山坡上闪耀着
一种颜色
金黄，金黄
枇杷说
我们熟了
快来摘吧

阳雀飞过来
蜜蜂围拢来
它们不光被颜色倾倒
它们还闻到了枇杷的香甜

我们还来不及采摘
主人拿出一把枇杷干
让大家品尝
他说人只要勤快
什么时候都有吃的

枇杷园
熟的不光是枇杷
还有我们的心情

期　盼

期盼一块草坪
绿油油的
期盼一株古树
枝繁叶茂
期盼一条小河
静静流淌

就这样还期盼
倒一壶茶
坐在夜空下
什么都不想
看星星谈爱
听秋蝉吟唱
慢慢品味人生的丰腴
期盼爱情披着晨曦
笑嘻嘻地回家

牛

牛走在回家的归途
不肯说话
只有牛铃迎着风
叮当作响

牛在犁田时
也不说话
只有“呼呼”的出气声
在烈日的暴晒下
十分温柔

回到牛棚
看到出生不久的牛儿
也不说话
只顾用牛舌
不停地舔小牛的脸

月亮挂在树荫
默默望着牛
也不说话

父亲和我

无事的时候
父亲和我都喜欢坐在草坪
阳光洒满身上
快乐的生活幸福甜蜜
父亲遥望远山发呆
我聆听飘来的山歌入迷

羊群不打不闹
乖乖吃草
山鹰盘旋在蓝天
不停地画画

突然父亲盯着我入神
干瘪的嘴张了几下
我知道他又想给我讲
他抗美援朝时写的诗

他就是用诗感动母亲的
人世间就有了我和一段故事

瞬　间

我的目光
落在一朵荷花上
几只蜻蜓
禁不住夏的诱惑
带着胆怯和羞涩
在蓝天白云下
嬉闹
谈爱
将一池碧水煮沸

我喜欢这样的情景
沉湎其中
我想画一幅画
找不到花蕊
我想写一首诗
想不出诗眼
这时刻
忘记该忘记的
牢记该记住的
瞬间也是一种幸福

那种短暂的愉悦
也是大自然的馈赠
梦也有成真的时候
今夜一轮圆月普照河山
我用月光收获莲蓬

岁月的河

一条河
汇入了崇山峻岭的坚韧
吮吸了生活的沧桑
包容了人世间的坎坷
时间、语言
将岁月的河
包围，分割
我们也是河的一部分

这就是祖先啜饮的河水
惊涛骇浪拍打
嶙峋的河岸
我的村庄
一会儿沉入河底
一会儿浮出水面
春天来临
天空梦里浮现的全是
父老乡亲神圣的脸

月满的时候
我们都会跳进河里
一双手亲抚我的身体

好清澈好温暖
我渐渐懂得
大地的辽阔
故乡的幽远
河流的沉默

相　逢

在一个早上
我想起故乡的那间木屋
还那样寂静吗
还那样明亮吗

记得
儿时
我每天捧着一本书
坐在窗前
看太阳缓缓升起
暖暖的光
照耀我的村庄、河流、山林
也拥抱我的梦

一只小鸟从眼前掠过
捎来了村庄的消息
村里走了一位老者
谁家又添了新丁
一切都平安祥和
你可以回来也可不来
人生难得有几次相逢

彩　虹

一条彩虹
挂在天边
璀璨，淡定

它不是我画的

它和我早就约定
等它消失了
我再画
随便画

归　宿

是牛羊在移动
还是河水在奔流
我被这情景迷惑
停住了脚步
眼前的一切
绝不是虚构
泪水夺眶而出

牛羊的步履难以止住
河水的喧嚣捕捉不到
总有一瞬
暗藏了我们的惊喜
牧笛吹响了前路
钟声点亮了河灯

趁着夜色
我要了一碗酒
边喝边揣摩
牛羊
河水
它们的归宿无须昭示

荷

满眼的水域
难道不是荷的天堂吗
不管水深水浅
荷都伫立水中
牵挂打鱼归来的人
翠绿成为一生的底色

来到塘边
我把诗在水里栽插
如种荷采莲
晨雾飘逸
分不清夜昼
小船划破寂静
一朵朵荷托起黎明

至今没读懂
荷的一生
荷花能生莲
荷根会长藕
荷叶可撑伞

难怪小小的渔村

躲在荷花丛中
莲子熬汤
藕炖排骨
荷叶煮饭
天天入梦

看露天电影

记得
小时候
到村里晒谷坪
看露天电影
必须是逢年过节

等爸妈忙完赶过去
只能坐在银幕的背面
从背后看英雄的反面
欣赏人间的悲喜
但那也是一种享受
那个年月
有电影看已很知足了

银幕里的角色在对话
我和星辰、月亮也在对话
银幕里的人物在演戏
我和青蛙、萤火虫也在演戏
露天电影裸露的是
动人的故事
曲折的情节
我却把童年、青春、梦想

裸露给茫茫夜色

坐在银幕的背面
电影散场
我都没分清电影里的
英雄和坏蛋
只感觉，有时骑在爸爸肩上
好厚实，好温暖
就像眼前洁白的银幕
爸爸就是我心中的英雄

蚂　蚱

立秋
蚂蚱的生命
还能蹦跶多久

顽强的秋老虎
还要染黄谷穗
还会催熟瓜果
直到渐入梦乡

我的家
是秋的眼睛
恬静的日子
结满了果实
蜻蜓蝴蝶忙着采摘
自酿的酒好甜好甜

秋后
最悲伤的是蚂蚱
因为它
会伴着秋风，奋力鸣唱
会随着秋叶，悄悄飘落

风　筝

在天空
我不如一粒沙尘
真的
我太想飞了
你就让我潇洒地飞一次
不需要音乐伴奏

因为我系在你手上
我和你
相濡以沫不离不分
我的生命线被你紧紧攥着
手一松
我就飞
怎么也飞不出你手掌

你飞那么高干吗
是想赶去偷看
牛郎织女相会
你飞那么远干吗
是想去尝吴刚的桂花酒
可是你主宰我，摆布我
一会儿放我高飞

一会儿又怕我挣脱
线拉得一会儿松一会儿紧

天太小了
容不下一只风筝
我是一只孤独的鸟
岂容我挟风携雨
云飘得比我逍遥自在
你放纵的线量了又量
也没量出天有多高
云飘多远

我情愿
从容地挣脱一次
哪怕坠落死去

路

路
是直的好
乡村的路弯弯曲曲
家在那头
弯
是永久的路标

路还是直的好
弯路不知通向哪里
找不到家的方向

瞭　望

瞭望
还是要爬到高处
这样可看得更远
可看到不一样的风景
你站得越高
人们会把你看成
一座挺立的高峰

山　歌

想你的时候
就唱
一唱
就忘记你了

小　镇

雨夜
小镇
响起琴声

灯火
阑珊在街巷
一朵蔷薇花
悄悄盛开

钟声响起
船儿驶离码头
汽笛在天外鸣唱
喊醒了昏睡的人

咖啡香从木屋窜出
走过烟雨
小镇
在浓墨重彩中
慢慢升起
恬静如水

买　书

买书
今天去了书店
买了书
营业员开玩笑说
今天不能去棋牌室
结果去了
买输

镜　子

镜子
总是把最好的一面
还原给我
把我从小照到老
时刻提醒我
什么时候可以写遗书
真死了
我不会把你带进坟墓
不然一照
你会把我吓醒

稻穗与稗子
一丘长满金黄稻穗的田
稗子也混在其中

稻穗成熟了
会鞠躬微笑
稗子成熟了
却昂起头争抢阳光

稻穗、稗子
都沐浴大自然的馈赠

但结局不同
稻穗颗粒归仓
稗子烧了做了肥料
还阴魂不散
第二年又混在稻穗中

桂花吟

正当我的父老乡亲在田野
挥汗如雨地收获
一年的辛劳
你把所有的语言
灿烂地怒放在
田间地头
房前屋后

阳光下
我看见金黄的、洁白的
花蕊
从空中飘落
一曲欢歌
唱响如画的江南
我迫不及待地采一束
去赏一轮高悬的明月
去邀一樽吴刚的美酒

峰回路转
桂花生长的美，描绘的画
吟唱的诗
我只需轻轻地呼唤一声

你就飘飘洒洒，喜极而泣
在金秋
我是李白的仰天长叹
谁是唐诗宋词的大好河山
一江水流

桂花，你知晓答案吗

想　家

在家的时候很烦
一天无所事事
想外出
去闯外面的世界
真的出了门
又后悔
外面很黑
忙得上厕所都没时间
好盼望月亮给捎句话
我想家了

心

人的心比天高
可以天马行空，想入非非
人的胃比天大
可以吃一切可吃的东西
难道天是人捏的吗
要风有风
要雨有雨
经常还能看到彩虹
但天也是有脾气的
你不要惹它
它一旦生气
也可以毁灭人类

父与子

昨天你是父
我是子
明天我是父
你是子
血脉会代代延续
亲情终淡忘
人过五代另起坟

鲜花和蛇

漫步在山野小径
心有点害怕
听人说
去年这里放了许多蛇
说不定就躲在那堆
草丛中
或者那块石头缝里
虎视眈眈盯着你

弯弯曲曲的小道
开满鲜花
蓝天白云如洗涤一样
蛇已在花丛中
陶醉在梦乡里
不须害怕
阳光和鲜花铺满了路

云在天空聚拢又飘散
风在原野吟唱又歇息
故乡是一首歌
鲜花和蛇早已约定
一起享受这和谐的时光

月 饼

月饼总是老样子
没有一点新意
圆圆的
像天上的月亮
只有到了八月十五
妈妈才舍得拿出来
摆放在月光下
一家人边吃月饼
边赏圆圆的月亮

其实月亮要到十六
才最圆
月饼天天都是圆的
我不忍心吃一口
生怕把月亮也咬缺
月亮害羞地躲进云隙
月光染浸天空
人间美好而寂静

矮寨坡

在这里
所有的群山都放低自己
以便更突出矮寨坡

盘山公路
像一条丝帕
盘绕一个又一个险要
爬上山顶
胆大的司机
必须抽一袋烟
歇口气
再奔向新的征途

湘川公路
通车几十载光阴
对于矮寨坡来说
实属弹指一挥间
一条大动脉
巍然屹立
牢牢地钉在天际

天气晴朗的时候
站在坡顶看看
去享受一览众山小的魅力
任何天空都没有这里干净
云彩洁白得似朵朵棉花
蓝天湛蓝得似一片大海
山鹰只是飞翔的黑点
这时你才体会到：
人的渺小
大自然的神奇
岁月的永恒

矮寨坡
还高吗
再高我也要攀登
人不就喜欢征服吗
越爬越高
我离佛越近

又一年

明天就是新年
也许该唱一首告别曲
回家的路程不远
却等了整整一年

我家早该是袅袅炊烟
亲人已备好团圆饭
真想回家又怕回
新年的钟声一敲响
我满头的银发又添一圈

从不失约的是太阳
岁月匆匆无须看任何人的脸
不再咏吟月亮的皎洁
不再感叹生活的艰辛
又一年
从此缄口
静如打坐

回故乡

落叶纷飞
平静的心掀起波澜
不知不觉又是一秋
为远方的亲人
掐算归程

门前的灯笼
擦拭得又亮又明
也无法减轻我思念的沉重
雷雨交加
我立马想拉住你的手

农家庭院的小黄狗
骄躁不安
一声高过一声的狂叫
满含忧伤
唤醒了
我对故土的怀念

山一程，水一程
不管我跋涉得再远

那颗激荡的心
阻挡不了
我离故乡越来越近的脚步

眼中的景色（组诗）

白

羊
依偎在天空下
增添了天白的纯度
没一丝杂质

秋天的白
弥漫着多种气息
有稻谷的清香
有丹桂的芬芳
成熟的味道飘得很远
令人欢欣鼓舞

羊的白
云的白
相互旋转
真不知道
是羊的白抹到天上
还是天上云的白
掉满大地

远处牧童的笛声
青蛙的低鸣
天上的白云
满地打滚相互交织

它们亲昵的悄悄话
让羊羡慕得不停落泪

银杏树

银杏树
高挑挺拔
高耸云霄
落叶
静静地给大地
铺一片金黄

银杏树永远是水做的
沉默无言

枫

我不寻求
要弄懂是什么温度
才把枫叶染得如此彤红

我喜欢
站在窗棂前
远远地望着你
让那一抹红
刺痛我的眼睛

我是一堆尘土
专门搜集红枫的鲜艳
阳光把我的影子和枫一道
糅成一道彩虹
静静等待金秋童话般的上色

堆雪人（外一首）

我把我的初恋
用雪堆成我心中的你

眼睛大大的
微微笑着
伫立在寂静的雪地
朝着家的方向
深情凝望

在我的记忆里
你一直那么美
仿佛在一幅画中
我突然看见你
熟悉的笑脸

天空飘下的雪花
遮盖了我们的村庄
从木楼里跑出的孩子
一张张红扑扑的笑脸
和我堆的雪人
像一家人无忧无虑
躲猫猫

雪肯定不晓得
我的秘密
只顾洋洋地洒着
我伤心得不回头
就像当年你离我而去

雪人堆得再漂亮
太阳一出
便会默默消融
雪在回家的路上
独自伤心
风雨里
伤心和思念紧紧咬住我的血肉

手　表

手表每多走一秒
就离陨落又近了一步

但我却搞不懂
人们为什么又十分喜欢戴手表

每天听着秒针滴答的欢唱声
人们早已忘记正一步一步向终结靠拢

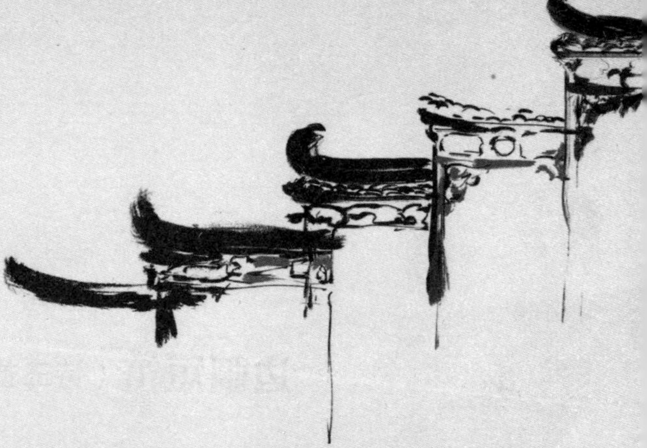

第三辑 DI SAN JI

大好河山皆入画

边疆短笛（诗三首）

青海湖

我从遥远的南方
来到青海湖
大自然的鬼斧神工
在遥远的边疆抛下一滴泪珠

一湖的涛声
一湖的翠绿
牧羊女的歌声翻过雪山
雪崩瞬间从山坡滚落

处处开满鲜花
洒满阳光雨露
我真想像诗人海子
将春暖花开，面朝大海低吟浅唱

沿着湖边我不停徘徊
越走湖越发纯净神圣
一路只有山鹰盘旋
我忘记了回家的路

走着走着湖边缺了一角
湖水流成五光十色的青瓷
我如同湖中的一叶孤舟
风一吹青海湖全碎了

月牙泉

老天爷将一尊月亮
深深地嵌进一汪泉水中
上弦是水的碧绿
下弦是月的明亮
从此若隐若现的月牙泉
总是圆不了人们的梦

有多少故事沉入泉底
有多少沧桑遗落沙丘
驼铃声由近到远
野刺梨沉没山沟
西出阳光故人在
如血残阳噬咬丝绸之路

今天月牙泉梵音缭绕
惊醒仕女飞天反弹琵琶
你把故事藏在飞舞的长袖
一会儿卷起爱的浪潮
一会儿飞向浩瀚苍穹
诵经声中你定格成永恒的壁画

坎儿井

这井水
取自深深的地核
是我们的祖先
创造的奇迹

它日夜不停地流淌
雪山跟着流动
戈壁跟着流动
还有牧羊人的歌声跟着流动

它流经的地方
只生长葡萄、哈密瓜
还有数不清的羊
看不尽的牛
和一幅幅立体画

葡萄架下
好客的新疆姑娘
弹响六弦琴
敬上马奶酒
身旁井水流过的地方
已变成草原绿洲

矮寨吟

矮寨坡
越爬越高
白云绕着山梁
牛羊沿着山跑

路在脚下
家在山上
九九十八弯
甩不掉山的阴影
峰鞭抽打着险要

登高可摸到天空
盘旋可接吻鹰啸
山上白雪皑皑
山下桃花夭夭

矮寨
一个名不虚传的小镇
如一轮月亮
悬挂在高山之际
阴晴圆缺
星光闪耀

雪花浣洗的年

小时候
睡梦里都梦到过年
过年了
有肉吃
有压岁钱
浓浓的年味
暖暖的团圆
牵肠挂肚的年啊
勾魂夺魄的年
常常被母亲的丝线
绣在围裙上
也被父亲卷进“喇叭筒”
不断点燃

儿时的年啊
是一首甜甜的歌谣
略带稚嫩的嗓音
抽得成丝，熬得出蜜
虽然只得了一块压岁钱
也要跑上街买一挂鞭炮
噼里啪啦的欢叫声
陪伴我度过温暖的冬天

雪花浣洗的年啊
随便撩拨一个时辰
都是幸福的港湾

虽然风霜染白了双鬓
昔日的年啊
依然那么留恋
雪白软糯的糍粑
沾满欢欣
五颜六色的糖撒
透满香甜
青椒炒腊肉在锅里吱吱爆响
母鸡炖粉条在土钵呼呼翻滚
蓦然回首
过年
竟是一缕魂牵梦绕的挂念

春天的门开了

忍受了一季白雪寒风的肆虐
桃花梨花的花瓣
一瓣一瓣地飞啊飘啊
告诉我，用你欢快的脚步声
告诉我，你是不是按捺不住
激动的心情
携满吉祥，带着希望
悄悄地
叩开春天的大门
不需要和你商量
也不会和我

揉一揉还带倦意的双眼
伸一伸歇息了一冬的脊梁
斜风细雨还在浸湿肌肤
雾霾尚在天空捣乱
没有欣喜若狂
没有惊慌失措
人们拿起锄头，扛着犁耙
踏出春天的大门
开始一年之计在于春的耕耘

静静苏醒的春风里
犁尖划开了冻僵的土地
牧童吹响了诗意的短笛
家家户户的炊烟
在蓝天下舞蹈
我激荡地记忆远方
无语而澎湃
真不忍心
惊扰这美好的一瞬

没有篱笆没有栅栏
站在春天的门槛
好想与小草一起泛绿
像花儿一样烂漫
深深地呼吸一口
我嗅到了春的清香甘甜
一声呼、一声笑、一声吟
每一声深沉而多情
催促我快快拥抱
美好的春天

张家界短歌（组诗）

金鞭溪

是我的乡亲
在金鞭溪岸边
邀你
来看溪

不用扫二维码
也不需带人民币
因为这条溪
你任意掬一捧
流的是金
淌的是银

溪边飞出的歌谣
都带有神秘的味道
甜甜的、酸酸的
一听
像掉进诗里画里

每一位来的女子
都喜欢卷起裤腿

和溪水嬉闹
和鱼虾亲昵
谁也不晓得
一上岸便情窦初开
苦尽甘来

天门洞

是谁这么大胆
竟敢在高悬的空中
开凿一个洞
奇峰三千托住你
八百秀水映照你
你伫立在万仞群山中
有多少隐匿的秘密
深藏在斑驳苍老的石缝里
默默镇守洞门几千年
容颜不改
岿然不动

让风穿越
让云穿越
任岁月的风风雨雨
侵蚀你的骨骼
你敞开厚重的胸怀
笑谈人间秋色

太阳可以穿越
月亮可以穿越
突发奇想的人们
登上九千九百台阶
也要穿越
我终于爬到了洞的脚下
过往的行人
纷纷好奇地打量我仰视的姿势

天门洞
真是李白遗落的诗句
“疑是银河落九天”
洞门
白天开
黑夜开
期待和大文豪把酒言欢

多么壮观
凝视天门洞口
一轮明月
隔着浩瀚人间
和我相认

天门山

上天门山
主要想一睹天门洞的风采

悬在空中索道
来来往往与白云比高

我不敢俯瞰
脚下的万水千山
任山风把大地轻轻抬起
插无数石柱定了乾坤

极目远眺山谷如谜
天门山没找到门
一切奇迹都可能发生
天门山竟成了祈福之地

正好一对新人在山上结婚
有俄罗斯飞机穿越天门洞
为他们祝福
有飞行侠飞跃天门山
一跃而下为他们欢呼

这样的场景
一辈子都难看到一次
人们纷纷拿起相机
留住这吉祥幸福的时刻

夫妻岩

海枯石烂

用到这里
一点不为过

张家界
这一对夫妻
在海底
暗无天日
相亲相爱多少年
无怨无悔

海枯了
浓缩成一堆石头
还那么相亲相爱
不离不弃
天长地久

上亿年不吃不喝
不言不语
天下有情人都来祭拜
点一炷清香
见证爱情的永恒

水绕四门

水绕四门
绕的不仅仅是水

双脚
只要踏进任何一扇门
就会溢出
唐诗
宋词
就会忘记了
平平仄仄
仄仄平平

还有甜甜的歌
绕着门飘
绕着门飞
歌起门在
歌落门还在

有一天
我看见
有女子拨开水雾
晾晒动情的山歌
她期盼有人把歌声带走
她深情地在水里扎了一个又一个猛子
但歌声怎么也没有绕出四门

天子山

多少人描绘你的尊容
正面，侧影

也画不尽
你的俊美、神奇、古老
莫是色彩太少
还是笔锋秃了

有醇香的美酒坠入溪畔
有动人的山歌萦绕云烟
你变幻莫测的风采
人们琢磨不透

无闻怕人打扰
扬名怕人打扰
你默默地将山尖
揉成诗
远离凡尘
每天和天子一起早朝

桑植民歌

唱了多少年
音调一点也没变
笑中有泪
苦里带甜

汗水滋润
泥土喂养
十月怀胎

一落地
就是唱的这个
腔调

男儿爱唱
女人爱唱
一天不唱
五谷都吃不出味道

唱到屋前
响到山后
有歌声从天外飘来
马桑树下
哥哥和妹妹的身影成双成对

访古不要来
怀旧不要来
谁也不用回首
你听一串串歌声
正呼啦啦在山间回荡

别张家界

我不敢奢望
还敢在这片神奇的土地逗留
其实心里十分期盼
能留在三千奇峰徘徊

可徜徉在八百里秀水发呆
躲过闹市的喧嚣
远离人群的烦恼
跋山涉水扑进你的怀抱
竟然听到了历史凛冽的回音
领略了岁月斑驳的味道
闪着寒武纪之光的奇峰秀岭
沉睡了一万年的三叶虫
纷纷跨过一切阻碍眷顾我
和我对话，和我相拥

每一个直插云霄的山峰
都是土家汉子雄壮的脊梁
每一条流动的涓流
都是白族姑娘缥缈的纱巾
每一阵甜甜的山歌
都是从阿哥阿妹心窝子飞出
云雾间可耕田
金鞭溪能浣衣
就连那轮明亮的圆月
也卸了妆
白晃晃地来焐热我心

多走一走
再绕几个来来回回
在这里
只要随便拥抱一处风景
都让人如痴如醉

多走几圈没关系
只不过多流几滴汗水
掉进溪里
再转几圈
又回到水绕四门的诗里画里

松涛牵我衣襟
歌声耳边不绝
每一寸土壤
每一片水域
每一缕花香
每一声鸟鸣
都留下我来了的心愿
惜别的泪掉进宝丰湖
湖水陡涨三千里

张家界离我渐行渐远
行囊装满了大自然的馈赠
真舍不得这块热土
老天爷啊
这时能下场雪该多好
你我就在雪中留一张合影

古丈乐章（组诗）

古　丈

小县城
我猜想
古丈，古丈
在远古的记忆里
我的祖先用草绳把你丈量
期盼有宽广的疆土
有连绵到天边的城墙
巴掌大的弹丸之地
你的名字从何而来
至今人们还在苦苦猜想

古丈
古人到底用什么尺量过
这么小，又这么大
街又这么窄
山却那么高
情却那么长

风云变迁
岁月沧桑

你没有拓宽你的界牌
也无法延长你的城墙
你仍然小得令人心痛
群山环抱的小县城
像一滴泪珠
挂在母亲慈祥的脸庞

小城有小城的故事
小城有小城的荣光
出产的茶叶闻名海外
一曲“挑担茶叶上北京”
还在传唱
只要踏上的土地
有罗依溪鱼吃
有栖凤湖水酿的酒尝
小县城的热情
焐热了远方客人的心房

小县城有小县城的福气
小县城有小县城的模样
走遍城里的大街小巷
随便可以和老人下一盘棋
分享悠闲快乐时光
也可以走上戏台
装扮云鬓轻挽的娘子
演绎人生辉煌

小县城小得灵巧

小得典雅精致
一袋烟的工夫可走一个来回
全城的男女老少
都是亲朋好友
只要一碰面
都会点头微笑问候致意
全城人会一齐分享
太阳的东升西落
月亮的阴晴圆缺

我只爱我小小的县城
你有闹市的繁华喧嚣
也有乡下的宁静安详
你的每一声呼吸
都抚摸过我的肌肤
滋养了我的青春
见证了我的恋人
麻雀虽小肝胆俱全
在祖国的版图上
你虽然只是一个小黑点
但也有你的一席之地
可圈可点
可吟可唱

栖凤湖

藏在这么偏僻的山旮旯

从没有看见凤凰来这儿歇息
偏偏取了一个好听的名字
栖凤湖
也许有凤凰将湖面当成家
来这儿谈情说爱生儿育女
故取名栖凤湖

栖凤湖如一面明镜
倒悬天宇
有时湖水是云朵欢歌吟唱
有时云朵是湖水碧波荡漾
湖光山影在水中如梦如幻
栖凤湖端庄、秀美、宁静
虽然少了边城那座白塔
但像翠翠养大的大黄狗
痴迷着这片山水

搁浅的渔船不再扬帆
打鱼人已经上岸
铮亮的鱼叉不再叉天叉地
一幅幅山水画破网而出
家家户户门锁虚落
男女老幼都在茶园忙碌
你听新的渔歌晚唱
回响在白云深处

踏上环湖的小路
如诗如画的村落藏在

云雾中
瓜果飘香，茶林摇曳，树木葱绿
栖凤湖静静地从身边流过
亮亮地映着湖边洗衣的女子
一声高过一声的捣衣声
召回了扛锄的汉子
夕阳下，炊烟中
门前摆起一桌甜甜的农家乐
娴静、温馨、富足

清明茶

早春
布谷鸟撒一路啼鸣
清明茶
以自然的姿势
缀满枝头
展示一抹
绿色的诗韵

清明茶
一如情窦初开的
采茶姑娘
淳朴、亮丽、羞涩、端庄
不停地挥动灵动的双手
在云雾缭绕的茶园穿梭
撒一路欢歌笑语

忘我地抒情

清明茶
在飘香的日子里
牧童扬鞭挥响的音符
落进了茶壶
煮沸了一代一代茶农殷切
的目光
茶园深处
收藏了多少采茶人的梦想

采茶去，快采茶去
采摘断魂的往事
采摘雨纷纷的回忆
采摘一篮刚出的清明茶
放在母亲坟头
在天之灵
母亲一定会品尝新茶的味道

清明茶
我泪水蒙蒙的双眼
又该生出多少思念
又会长出多少绿色

写不尽的洪江（组诗）

洪江静悄悄

峰回路转
终于踏进这片古老的土地
可能是远离了闹市
也许是谢绝了喧嚣
群山静悄悄
竹林静悄悄
村寨静悄悄
沅江静悄悄
难怪云彩的呼吸
都听得清清楚楚
洪江城的神奇步履
写满了静悄悄的音符
这里的静好威严
这里的静好神秘

我猜想
那静悄悄的群山
一定有不少的英雄好汉
那静悄悄的竹林
一定来过不少的文人墨客

那静悄悄的村寨
一定住着勤劳善良的父老乡亲
那静悄悄的沅江
一定滋养勇敢的船长纤夫水手

这静悄悄的土地
为什么和故乡一样
多像襁褓里的婴儿
吮吸着母亲的乳汁
安详地进入梦乡
夕阳西沉
我不忍心吵醒这方宁静
远远凝望云雾朦胧的洪江城
我泪流满面

这一切多么美好啊
一口短笛可搅动蜿蜒的沅水
一首渔歌可挽留飘动的白云
一缕炊烟可唤醒沉睡的村庄
一阵捶衣声可感动悠扬的短笛
洪江一个美得叫人心疼的地方
我决定
不爱江山，也不爱美人
在这里，就在这里
慢慢享受这一片祥和平安

沅江船工

来回在沅江穿梭
古铜色的脸刻满沧桑
累了
跳进江里洗一个澡
水好清哟
散发淡淡的乳香
上了岸
拿大碗喝酒
吼山歌悠扬

沅江的船工
最喜欢水里困江里眠
每一次缉桨
都会感动苍天和星辰
每一次升帆
都如同捧起群山和太阳
船行进在水面
就像掉进画里
船工不停地划动双桨
就像挥舞一支画笔
一笔一画
可浓可淡
一撇一捺
可精可细

每一笔都十分撒野
远看是素描
近看是写意

携带火焰与希望
一把鱼叉叉天叉叉地
一副渔网网尽人间悦色
一个眼神可让沅江掀起波澜
一个背影可以打捞两岸风景
饱经风霜的沅江船工
练就一身铮铮铁骨
船可行到洞庭
也可划到长江

洪江古巷

巷子深
深得让人汗颜
巷子弯
弯得让人无语
曲径通幽
出入皆是巷
进进出出的人
总会找到回家的脚印

每一条古巷
都在述说人间的悲欢离合

每一块石板
都写满历史的沧桑
幽深幽深的古巷
不知诞生了多少叱咤风云的人物
一跺脚
沅江也会掀起惊涛骇浪

你是否听到
茶马古道又响起疾驰的马蹄声
你是否又问到
勾栏瓦肆又飘来桐油的芳香
每一条古巷
善良的百姓忙忙碌碌
家家户户醒目的商铺牌匾
像挺立着不屈的脊梁

一条顽强的古巷
一座不屈的城池
往日的喧嚣
还在吟诗作画
叮当作响的白银
还在眼前闪闪发亮
我坚信
古巷的天空
商人的算盘噼里啪啦打得正响

我真想描画出一条古巷
张贴在洪江城深处

任它回忆昨天的辉煌
任它唱响欢快的乐章
我还想变成一只大红灯笼
悬挂在斑驳苍老的院落城墙
照亮每个从沅江挑水的人
不要踩痛每一条神圣的古巷

诗意遵义（组诗）

遵义美

除了酒
遵义的另一张名片
就是山水
遵义的山很瘦
遵义的水更绿
只要一有风吹草动
遵义的山山水水
就会受孕
踩着云端遥望
遵义就是一幅画
悬挂在云里雾里

漫步在林荫小路
到处是锦鸡的缠绵
布谷的啼鸣
瓦蓝瓦蓝的天
抚摸放牛娃脸上的红晕
乳白的腰带雾
锁住如诗如画的山腰
天外飞来的鲜花

开满田野和多彩的瓦楞
每一缕风都荡漾着诗意
灵动又祥和
我忘记了来时的路
你每一处风景像珍珠
捧在我心前不忍离弃

遵义用酒香驱赶雾霾
花瓣伴着阳光纷纷盛开
田间，牧鞭挥出一抹鲜活色彩
多少不眠之夜
总有不尽的悄声细语
挂在嘴边
在遵义
我独自抿下一口美酒
就让我醉倒在酒乡
一梦三千年不醒

别遵义

意犹未尽
在遵义。
我多情的思念
还来不及插上你的鬓角发梢
那短暂的一瞥
不知不觉便湿漉漉地浸透了
如画的窗棂和多彩的花裙

你走吧，轻轻地
莫吵醒睡梦里的亲人
难道你猜到
我今天就要踏上归途
窗外谁家姑娘
吹响的陶笛
在晨风中轻颤
动人的旋律落入酒杯
融化了一行啜泣的泪

难舍的乡愁迟迟醒来
伤心处，纷飞的山雀
衔走一抹夕阳
我低下卑微的头
轻轻摇曳
把多情的岁月悄悄酿香

山一路水一程
月光下的遵义
今日无言朦朦胧胧
你羞涩
一如城里的女子
端庄而秀丽
大方而不俗
离别的路上
我的诗意会更浓
我的爱又长高了一寸

酒　城

一座用酒堆砌的城
一座用酒浸泡的城

每根血管流淌的是琼浆玉液
每个毛孔呼吸的是酒的香醇

这里的山可以酿酒
这里的水可以酿酒

用天空做碗
拿大地当杯

让我们高举酒杯
品味幸福掉进酒里的味道

这座城里的人除喝酒不拘客套
其他都遵守道理，讲究义道

不会喝酒
就不算遵义汉子

太平山掠影

有多少神秘的故事
深藏在大山的沟沟壑壑
有多少美丽的传说
悬挂在庙宇的飞檐翘角

这里远离闹市的喧嚣
这里少了人世间的烦恼
红尘滚滚敲响山顶的古钟
炊烟袅袅传颂着祥和的歌声

我不知晓哪位苦行僧
跋山涉水将心安放于此
从此这片寂静荒芜的土地
点燃了香火，响起了梵音

从此我的祖先喜欢看白云如痴
喜欢听松涛陶醉
不知不倦进入了禅的世界
成了佛的信徒

这里的每一掬山泉
可是你虔诚的泪水
这里的每一声鸟啼
可是你慈祥的笑声

漫步山间栈道
听经声吟唱闻古刹钟鸣
浑身困惑顿时烟消云散
一颗心遗落在绿木青山间

从一个日出走向另一个日出
我领略太平山的神圣和威严
山山水水荡漾着祥和的景象
一草一木盛赞岁月的温暖

太平山神奇的故事还在回响
历史的尘埃还未走远
回头遥望若隐若现的山峰
勾勒出一幅幅壮丽的画卷

畅想太平山（外三首）

登上太平山
我的灵魂已无处寻觅
犹如一片片白云
漫游在金色的亭台楼榭

真不敢畅想
谁知晓是哪一位先人
将满山的小桥流水古树村落
变幻成人间仙境任人游览

人世沧桑
缕缕梵音煮沸千年
布谷鸟啼血鸣唱诵读佛经
古寺香火落入烟尘不肯熄灭

流连在清风之中
上香的人们四处散去
我独自站在山巅
岂敢激扬文字指点江山

抬头极目远眺
品读山下万家灯火阑珊

太平山摇身一变
一派繁华世界呈现眼帘

脚踏夜色
手抚月光
我的影子慢慢下沉
任太平山畅饮太平之风

太平山

太平山
只有满山的雄浑巍峨
对得住
这太平二字

山鹰俯冲盘旋
它想看山上的日出
和其他山头有什么不同

山再高是安全的
瀑布挂在山间
彩云悬在天外
我和你的距离
恰好心可以丈量

太平山的夜

星星不敢眨眼
月亮藏起笑脸
今日之夜
所有的光芒
都让给了神秘的太平山

分不清
这是太平山的白天还是夜晚
是白天
处处灯火阑珊
是夜晚
万束鲜花竞相争艳

太平山的夜
天王老子也躲很远很远
因为太平会来到身旁
牵住你的手
停泊在幸福的山湾

太平山没有黑夜
香火缭绕
焚香不断

孔雀

来到太平山
偶遇孔雀谈情说爱
一声高过一声的求偶声
感动了太平山的神灵

这里野花芳香
更有山泉清甜
寻找一僻静处
爱他个死去活来

是被佛音感动
还是被香火点燃
生活在亚热带的越鸟
心甘情愿栖息在偏僻的山间

来这里高歌
来这里繁衍
不需要孔雀开屏
我的太平山处处春光无限

山村速写（组诗）

山　妹

背着小背篓
走在弯弯曲曲的山路上
是去赶集
还是去探望亲人

初春的日子
你欢欣地摘一片木叶
吹响如诉如泣的山歌
感染了一路的风景

路旁小花纷纷向你微笑
头上小鸟为你带路啼唱
母亲为你馈赠的恬静和淳朴
伴着彩霞更加鲜亮

天上的云很蓝很蓝
小河的水很清很清
一声高过一声的蛙鸣
正为你衔来一缕春光

才十八岁啊我的山妹
正是爱唱歌的年龄
我教你的歌只敢躲着哼
你怕招来村里人异样的眼神

有一天山里响起唢呐声
吼破了小山村的宁静
我的可亲可爱的山妹哟
伤心地嫁到一个更僻远的村庄

这一夜
吊脚楼有一盏灯不肯熄灭
我想起故乡开花的三月
还有三月里爱唱歌的山妹

上 坟

给父亲的坟又添了几把新土
坟就长高了许多
这样父亲可站得直一些
和我们拉家常

新添的泥土散发土腥味
蚯蚓、蚂蚁纷纷往里钻
它们也想赶着去陪一位新人
喝喝酒，聊聊天

远处的山花开得很浓
孩子们早把上坟的事抛在脑外
欢天喜地地抓青蛙，摘花朵
他们还不到承担上坟的年龄

离别前再摸摸父亲孤独的坟
好像父亲温暖的手在摸我的脸
热泪止不住地流淌
打湿了一坡阳雀的叫声

社　日

挖一把鲜嫩的胡葱
摘一篓翠绿的蒿菜
糯米里再放一些腊肉
用熊熊大火将它煮熟焖香

三月三，吃社饭
这样的习俗
年年把记忆点燃
在细嚼慢咽里品尝幸福时光

古老的习俗
浸泡在嘎婆酸菜的坛子里
咸香的味道
醉倒在爷爷的酒缸里

三月三，吃社饭
一个男女老少都喜欢的日子
随便聊起哪个话题
都会撞响一串串欢歌笑语

茶乡赋（组诗）

茶　城

茶城不大
就像挂在夜空的星辰
大街上无论碰到谁
身上都散发一股茶香
温馨迷人
都会讲茶的故事
生动形象津津有味

住在城里的人
不管男女老少
都是丹青高手
随便涂一笔
城里城外
山上山下
都绿得楚楚动人
或惊艳，或淡雅

每个茶乡的人都是爱茶
爱得神魂颠倒
爱得如痴如醉

一天不喝茶
走路会打闹串
夜里会被噩梦惊醒

在茶城
不管你走多少个来回
只要你细品一杯茶
便精神抖擞
上下通气
迈着微醺的步子
找到回家的路

茶　园

五月煽情的笑窝里
斟一壶碧绿的毛尖
看窗外采茶姑娘
背着小背篓款款而来
茶园弥漫青春的气息

飘香的绿雨里
茶歌吵醒了大山的宁静
一个又一个欢乐的音符
羞涩地落入了茶壶
煮碧了浓浓的乡情

采茶姑娘
一个个鲜花般动人
不停地挥舞灵巧的双手
诗意般采摘一片片绿色的故事
开心处，如一行白鹭上青天
搅醒了山村的黎明

一行接一行的茶垄
被大片大片的蓝天分割
待阳雀一声昂扬的啼唱
聆听中，我泪水盈盈的双眼
抹满许多耀眼的绿色

茶　界

在和蓝天白云相连的界上
我随意摘一叶嫩芽
小小的一片茶叶哟
在翠云浓雾里怀胎
吮吸天地精华
储满蜜的香甜，瓜果的甘醇
我的心早被碧波漂绿

我真佩服我的父老乡亲
竟敢把大朵大朵的绿
移栽到和蓝天接壤的地方
在这高高的界上

谁也不会了解我们之间的默契
任雨露滋润
随云霞喂养

你听高高的界上
传来采茶的歌声
软绵绵惹来阳雀伴唱
只看见云里雾里
绿裙花衣在穿梭
纤纤细手在舞蹈
不经意
摘下一篮又一篮绿色的精灵
坐在界上品茶哟
让我回忆起在茶园
长大的童年

江西谣（组诗）

二〇二三年六月二十六日至七月二日，我们一行十八人到江西自驾游。先后途经庐山、景德镇、婺源、南昌、井冈山、江西奇丽的自然风光，深厚的人文底蕴，热情善良的人民，丰富多彩的美食沿途都感动着我。我只好拿起笨拙的笔，按照沿途线先后顺序，写下这一组诗。

庐山第一吻

今天我又登上庐山
多想追寻电影《庐山恋》
的每个镜头
去重温那至今还镶嵌在
脑海的第一吻
一株株水杉依然枝繁叶茂
一座座山峰依然厚重伟岸
耳边又回响起影片抒情的插曲
我的心激动得跳个不停

曾记得八十年代第一年
电影《庐山恋》的庐山第一吻
把山吻得绿绿的，翠翠的

只要一踏进山里
人就软软的，醉醉的
庐山第一吻
感动了华夏大地
从此这片沃土
禾苗茁壮
万紫千红
歌声不绝

这一吻
让山峰灵动
让溪水生情
这一吻
揭开了害羞的面纱
庐山的巍峨映衬了第一吻
的崇高
庐山的胸怀宽容了第一吻
的羞涩

这一吻
在庐山留下多深的吻痕
已无法考证
这一吻
不亚于一声惊雷
惊醒了多少被爱捆住的人
他们冲破枷锁
相亲相爱
无怨无悔

完成了一次又一次美丽的私奔

多少相爱的人
纷纷闯进山里
来见证第一吻的浓浓深情
来分享第一吻的芬芳气息
难怪庐山家家户户的屋顶
变得俊俏，轻盈
害羞得都染上了一层红色
成了一道靓丽的风景

不忍离去
时隔多年
我才读懂了
在那个时代
这一吻的珍贵
我不敢按下照相机的快门
我怕我丑陋的镜头
难以表达庐山第一吻的重大意义

庐山恋
恋庐山
虽然我写了一行又一行的诗
给山峰，给云海，给日出
也难以表达对庐山第一吻的崇敬
今天就让我为庐山第一吻
大胆地树一块纪念碑
愿庐山第一吻印在脑海，刻在心间

愿天下有情人
都在庐山留下甜蜜的第一吻

观御窑厂考古遗址

经历五百四十多年的岁月沧桑
脚步踏进六个世纪的历史尘埃
澎湃的激情依然在窑址燃烧
无言的瓷片在底下熠熠生辉

只有我们祖先才有这么大胆的想象
竟敢把一段又一段历史
烧到一千多度
把一个时代的文明
牢牢地烧制成奇妙无比
的艺术精品
让后人惊叹，赞赏

一抔泥土，一堆瓦砾
经能工巧匠精心打磨
竟能从清浅中脱颖而出
浑身潇洒风韵
一副仙气道骨
灰烬里又燃起
绚丽的火种
传承几千年

你不要小瞧
深埋在泥土的碎瓷、彩釉
它们浑身尚留着龙窑的余温
它们用无声的音符
在默默诵读一个王朝的辉煌

伫立在御窑厂遗址前
奢望在废墟中找到一片荣耀
窑炉风光越千年
御器声华蜚万国

江西老表

走进你的民宿
简陋得令人难以置信
但每间房散发着淡淡的清香
干净整洁的环境让人欢喜

在婺源老曹家
一进门两口子灿烂的笑扑面而来
夫妻俩热情似火的眼神
除了闪烁一片油菜花的金黄
还涂抹了篁岭美丽的底色

江西，湖南山水相连
在战争年代结下生死情谊
一踏进老曹家门

我们便脱口喊一声“江西老表”
喊得格外亲切自然

一声“江西老表”
好像见到了失散多年的亲人
一下子就拉近了我们的距离
洗刷了日行几百公里的辛劳

夫妻俩忙前忙后，手脚不停
一会儿给大家搬运行李
一会儿又端上一杯清茶
一举一动
都彰显了山里人的淳朴与热情

夫妻俩一刻不停地忙碌着
平凡而朴实的笑语
好像在伴奏哗哗的溪流
又像在遥指小山村的美景
让远道而来的我们宾至如归

几声鸟啼，几声鸡鸣
把我从晨曦中唤醒
村庄揭开了神秘的面纱
袅袅升起的炊烟中
处处是山村勤劳的身影

微笑中我们辞别了老曹夫妻
二维码结清了公平的费用

在他家虽然只短短的一天
我们欣赏了奇丽的风光
更体会了江西老表的深情厚谊

晒　秋

由于地势的原因
这儿的人家
一到这个季节
你家收获一片金黄
我家采摘一垄翠绿
都拿出来晒吧，晒吧
晒满房前屋后，晒满闲坪空地
让丰收的果实和秋阳拥抱
这一道奇特的风景
竟成了网红打卡地

把丰收的喜悦写满诗里
阳光下让诗也晒一晒
诗必然会有秋的意境
把勤劳的艰辛藏在歌里
阳光下让歌也晒一晒
歌也多了秋的旋律

千万别学村头
梯田里的油菜花
只顾在春天的喧嚣中

制造华丽
只希望家家户户的簸箕里
一粒一粒秋收的果实
撒娇冲动
就让秋果噼啪的爆裂声
牢牢拴住一轮秋阳
不离不弃

晒吧，晒吧
让山坡、梯田、村落、古巷
都晒满山里人的自豪
任其相互交融
又各领风骚

在这里
我没什么可晒的
就把我的心
放在暖暖的阳光下
和南归的大雁对话
等待又一个春天来临

滕王阁

赣江，抚河在这里放慢了流速
抚摸着滕王阁的飞檐、亭阁、廊柱
像一对亲兄弟唇齿相依
湖光山色有了新的诠释

难怪那么多的文人墨客
乘一艘艘乌篷船横渡而至
破壶残杯斟满思乡的酒
对饮放歌写不尽岁月的沧桑

无数次的烈火焚烧
你的雄姿巍然屹立在江岸
声、光、影、色越发壮美
你的艺术魅力更加迷人精湛

天高皇帝远
滕王阁再高
高不过金戈铁马的嘶喊
万古亲情也被封存割断

滕王阁夜空的一轮明月
可上弦，可下弦
它被唐、宋、元、明、清无数次访问
亲眼看到了历史兴衰的光环

所有的游人都是匆匆过客
我伫立在今非昔比的滕王阁
任一湾滔滔江水
独颂《滕王阁序》的千古名篇

井冈山畅想

站在井冈山远远眺望
仍然是连绵不绝的松柏苍翠
是蜿蜒在天尽头的长征路
是炮火震天的硝烟弥漫

漫步在映山红成行的路上
我仿佛看见火炬被熊熊烈火点燃
我仿佛听见嘹亮的号角
伴随着冲锋脚步直冲云天

井冈山的杆杆红旗
还在浸满鲜血的土地飘扬
黄洋界轰鸣的炮声
令疯狂的敌人闻风丧胆

这就是梭镖、鸟枪、火铳
坚守的井冈山吗
这就是父亲中弹倒下
儿子又冲锋向前的井冈山吗

今天的井冈山鸟语花香
处处是幸福的画卷
山上山下都是建设的人流
人人都是高峰红旗一马当先的好汉

硝烟散尽井冈山的歌声
飘荡在天安门城楼
郁郁葱葱的井冈山峰峦
铸刻在神圣庄严的烈士陵园的石碑上

井冈山
我只是匆匆飘过的一朵云
就让我编织一首歌
永远为你祝福，为你盛赞

云南速写（组诗）

云南的云

去云南
我想起了什么
大片大片的云就浮现
在眼前
就连鸟儿从天空掠过
嘴里也叼着一丝云彩

云南我没去过
梦里都没梦见过
每天看着云飘往南边
我就傻傻地想
难道云也有家
家就在云南吗

来到云南
我仔细观察
这儿的云和家乡的云
有何区别
我感觉
这儿的云有点偏南

云太干净
云太洁白
云彩离土地太近
伸手都可以摘下

云南
这里太安静了
只有云爬满了山山水水
不吵不闹
不争不抢
一会儿敞开胸怀
一会儿又东躲西藏

这儿的云
最喜欢从花海头上飘过
那时，已分不清
是在北方
还是在南方

为什么叫云南
是这儿云多吗
是这儿云远吗
云南最金贵的是云
云南最简单的是云
除了云
你还有什么呢

应该说

有雨后春笋般的风能发电机
成了云的一片
还有遍地响起的歌声
在云的南边
等你
等我

大理的雨

来大理
恰逢一场雨
那丝丝湿意
萦绕在我眷恋的泪眼

是苍山的云在沉思
是洱海的浪在歌唱
不然大理的这场雨
会下得这么痴
会下得这么稳
会下得这么笨
会下得这么傻

云缠着苍山
雾罩着洱海
是苍山在流泪
是洱海在滴血
还来不及歇息

苍山洱海又商量
再酝酿另一场雨

这时我多想成为一滴雨
能飘落在苍山的千沟万壑
能融入在洱海的碧浪清波
飘来的是微笑
落下的是甜蜜
充满诗意的雨滴
可是你我的窃窃私语

雨还在下着
雨还在洒着
雨把我心洗涤得敞亮
在大理
凉爽寂静的雨中
我听到了佛的鼾声

茶马古道的马

在云南茶马古道
银马石还在
古驿站还在
马帮长眠在山岗
头顶一轮烈日
云彩飘得很远很远
血液里回响着马蹄声

可古道
已找不到马
只有羊在悠闲地吃草
牛在田野里忙碌
那马呢?

马
成了轰鸣的机器
马
成了疾驰的汽车
马
成了游人骑耍赏玩的玩具
现在的马
也喜欢喝茶颜悦色
也喜欢品拿铁咖啡

再也看不到马蹄踏雪
再也听不见马啸嘶鸣
现在的马
早没有茶马古道
马的
精，气，神

茶马古道的马
都跑进了徐悲鸿的骏马图

霞光里的明霞[①]

一缕霞光射进农家小院
静静地落在明霞身上
沉稳，斑斓

霞光染红了她的脸颊
风霜在她额头留下刻痕
明霞爱上了这儿的霞光
和霞光照在土地的颜色

一位端公家碗的女子
辞掉公职
千里迢迢来到大理
苍山下
洱海旁
扎下根
留住心
过起了田园生活

日子一天天过
霞光升起又落下
看蝴蝶嬉闹
与泉水叮咚
赏苍山明月
闻洱海涛声

在她家小院
霞光手牵手
织成了篱笆
篱笆里栽满了瓜果鲜花
明霞每一次弯腰采摘
都捧起霞光和村庄
笑容串成金黄的秋色
挂满白墙青瓦的白族庭院

她喜欢悠闲的乡村生活
每天挖土，浇水，剪枝，施肥
看家家户户炊烟升起
听青蛙、夏蝉悦耳的鸣唱
从她清澈动人的眼里
我看见苍山隐隐飘逸的云
我听到洱海缠绵的涛声

来大理
怎能不到明霞的农家小院
怎能忘记那霞光吐出的红晕

（注①：明霞系周明霞，由田园的湘西来到诗意的大理生活。）

乡　趣

秋凉了
板栗熟了
茶籽裂口了

走，快走
上山去
摘茶籽
捡板栗

几个小伙伴
争吵不休
是摘茶籽
还是捡板栗
举棋不定

有的说
板栗不好捡
有刺，扎手
吃多了
胀肚子，爱放屁

有的说
茶籽好摘
拿回家榨油

油好香好香
多多吃
长筋骨，有力气

孩子们的欢笑声
被山雀儿叼走了
丢满了山沟的旮旯里

白云山的雾

在白云山起伏的山腰升起
你洁白而宁静
风吹拂满山的树枝
却吹不散白云山的雾

我踏着白云山的云下山
乳白色的雾一路追随
雾驮着我的遐想盘桓
随着蓝天白云一起萌动

蕴藏白云的纯净
饱含阳光的绚烂
在沧桑中沉浮
在日月里变迁

白云山的雾啊
多像我淳朴的老父亲

用一双温馨的手抚摸我脸颊
月光般流泻在我双肩

沿着弯弯曲曲的山路
去追寻白云山雾的诗情
抓一团雾洗脸
抱一缕雾不离不散

我的白茫茫雪花般的雾啊
我的寂寞的坎坷的雾啊
你收起缤纷的落叶
又拱起一茬茬新芽

我的村庄河流在低处
我的故乡在低处
白云山的雾绕在山上
让我勤劳的亲人一抬头就能看见

冬天的诗行（组诗）

大 雪

时钟敲响乡音
天边飞舞故乡的雪
一群麻雀忙着觅食
给纯白的原野
增添了新的颜色

一溜烟跑出的孩子们
忙着跳着，笑着，闹着
他们堆的雪人
也兴高采烈
和他们一起长大

夜幕降临
雪花还在匆匆赶路
好美啊
雪夜安静地
只听见雪的歌唱

我拖着风的呼啸
在雪中行走

仅仅为了回忆
一段青春的故事

日子是薄如蝉翼的冰
天寒地冻
记忆里突然闪现
我骑在父亲的肩膀
遥数夜空北斗星的一幕

腊　梅

下雪了
你的兄弟姊妹们
也逃不过命运的周期
躲的躲
落的落
你却顶着寒冷的风
顽强地开着
一点也不吝啬

雪飘得越猛烈
你越绽苞怒放
仰望满天的雪花
纷纷流离失所
在白色的梦境中
我一眼便认出你的面容

雪花吻了一下
瞬间就融化了
腊梅吻了一下
挂在枝头更耀眼
温柔的唇
焐热了心里的严冻

南归的雁已销声匿迹
五彩斑斓的蝶
不再营造华丽
只有你
在白色遮盖的山川
还溢出淡淡的幽香

红　枫

夹在精美的书中
那是一页最美的诗行
不需要读出声
泪水早已浸透衣襟

乘着和煦的山风
红枫一片一片落在窗前
两颗心激烈碰撞
把恋情染得格外彤红

漂亮的女孩
喜欢和你缠绵
恨不得把你做成红纱巾
深情系在摇曳的枝头

翻开那页暗黄的书扉
那是一行最让人激动的文字
迫不及待地取出她赠的书签
期盼春天早日搔首弄姿

老屋（外一首）

阳光
穿透云隙
照进半山腰
白墙黑瓦的老屋
老屋忙着和阳光对话亲昵
所有的语言
都渗透到光的骨头

屋前开满鲜花
蜜蜂每天都会光顾
给孤苦伶仃的房屋主人
酿制甜蜜，嘘寒问暖

满头银发的老妇
除了把老屋打扫得一尘不染
就是对着神龛老伴儿的相框
反反复复地唠叨、叮嘱
那神情
好像等不及
把自己也揉进相框里

老人每天都守在门口

望着远方痴痴入神
她傻傻地期盼
相框里的那个人回家
用他顶天立地的脊背
撑起已经塌垮的老屋

古　镇

摄影师告别风景
我远离歌谣
密密麻麻的蚂蚁搬家
留下一路辛劳

望不到尽头的古巷
唠叨着闲言碎语
捣衣声清脆悦耳
涟漪知晓洗衣人的秘密

还是别走远
这儿的美已嵌进心底
不管遇到什么人
我合十双手都会祈祷祝福

走出古镇无话可说
满池荷花也忘记了
藕断丝连的成语
我恨不得买下这寥廓的天空

一只白鹭单腿伫立
落日，一碗酒
托起逶迤的城墙
托不起我一行清泪